KB043015

검사를 목표로 입학했는데 마법적성 9999 라고요?!

3

저자 : 넨쥬무기챠타로
일러스트 : 리이츄

방과 후 비밀 추적단,
결성?!

안나는 매일,
어디에 가는 거야……?

과묵한 소녀가 가슴속에 간직한 과거.
안나는 나직이 이야기하기 시작한다…….

그 아이의 이름은—

안나 아네트

검사를 목표로 입학했는데 마법 적성 9999라고요?!

3

저자 : 넨쥬무기챠타로
일러스트 : 리이츄

CONTENTS
― 목 차 ―

검사를 목표로 입학했는데 마법 적성 9999라고요?! 3

저자 : 넨쥬무기챠타로
일러스트 : 리이츄

여름방학이 끝나고 딱 일주일이 지났다.

모두의 마음에서 여름방학 기분은 사라지고, 학생들은 어엿한 모험가로 성장하기 위해 매일 열심히 공부했다.

하지만 로라 일행의 여름방학은 아직 끝나지 않았다.

물론 매일 아침 일어나 수업에는 나갔다. 하루 종일 놀아도 괜찮은 여름방학의 묘미는 다른 학생들과 마찬가지로 끝났다.

끝나지 않은 것은 여름방학 숙제다.

학생에게는 가장 쓸데없고 짜증나는 문화다.

여름방학 숙제가 여름방학 기간 안에 끝나지 않은 시점에서 이미 그것은 여름방학 숙제가 아니므로 여름방학 숙제는 자동적으로 끝나면 안 되는 걸까.

로라는 진지하게 그렇게 생각했지만 그다지 설득력 있는 주장은 아니었다.

적어도 교사의 취향은 아니었다.

따라서 진지하게 노력하는 수밖에 없다.

다행스럽게도 조금만 더 하면 끝난다.

그러나 동시에 기한도 얼마 남지 않았다.

원래 2학기가 시작되는 것과 동시에 제출해야 하는 것을 에밀리아 선생님에게 사정해 겨우 일주일 연장한 것이었다.

다시 말해 오늘이 바로 그날. 데드라인이었다.

오늘 중으로 끝내지 않으면 선생님들에게 어떤 처벌을 받을지 모른다.

일전에 로라는 교무실 창문을 깬 적이 있는데 그때는 엉덩이를 맞았었다.

이번에는 그 정도로는 끝나지 않을 것이다.

기숙사 방에서는 어쩐지 집중이 되지 않아서 방과 후에 구내식당 한쪽 구석을 차지하고 앉아 머리를 쓰는 나날을 보냈다.

로라의 맞은편에는 안나가 앉아 마찬가지로 숙제와 씨름하고 있었다.

그러나 이 구내식당에서 숙제를 하고 있는 것은 그 둘뿐이다.

그렇다. 둘 뿐이었다.

"아아~~ 역시 이곳의 딸기 파르페는 최고예요!"

로라와 안나가 지혜열이 날 정도로 애쓰고 있는 옆에서 샬롯 혼자 우아하게 파르페를 먹고 있었다.

샬롯은 무려 닷새나 전에 여름방학 숙제를 끝내고 일찍이 이 데스 게임에서 빠졌다.

언제나 셋이 함께였는데. 이번에도 그럴 거라고 생각했는데 말이다.

"샬롯은 배신자!"

"후후후…… 무슨 말이에요, 로라. 우린 친구인 동시에 라이벌! 승부를 대충하는 느슨한 관계가 아니에요!"

대체 언제부터 여름방학 숙제가 승부가 된 걸까.

하지만 여기서 샬롯을 비난해도 소용없다.

미래는 스스로의 힘으로 개척해 나가는 거다!

"나도 얼른 숙제를 끝내고 마음 편히 오믈렛을 먹을 거예요!"

물론 숙제가 끝나지 않았어도 오믈렛은 먹고 있었지만 오믈렛의 맛을 진정으로 즐기려면『마음의 평화』가 필요하다.

로라는 숙제를 완벽히 마무리 짓고, 마음의 평화를 손에 넣을 것이다.

"삐—."

식탁 위를 굴러다니며 놀고 있던 하쿠가 격려하듯 울었다. 로라의 기운이 두 배로 솟아났다.

"힘내, 힘내."

안나도 응원해주었다.

이로써 기운이 네 배다!

"그런데 안나는 날 응원할 게 아니라 자기 숙제를 해야죠."

"난 방금 끝났어."

"네에?!"

안나만은 친구라고 생각했는데 설마 혼자 남겨질 줄이야…….

인생무상이다.

하지만 오늘이 마감이니 여유를 부릴 때가 아닌 것도 안다.

"저도 마지막이에요. 아자!"

리바이어던과 베헤모스와 싸웠을 때도 내지 않았던 구령과 함께 로라는 숙제에 달려들었다.

펜이 번쩍였다.

이대로 단숨에 끝내주겠어.

그렇게 기합을 넣은 것은 좋았지만, 어려운 문제가 나와 손이 뚝 멈췄다.

"누, 누가 좀 보여주세요!"

"안 돼요. 자기 힘으로 하지 않으면 의미가 없어요."

"그래. 그건 로라한테 도움이 안 돼."

"세상에…… 정론을 말하다니 너무해요!"

"정론은 옳으니까 정론인 거예요! 자, 도저히 모르겠으면 내가 가르쳐줄 테니까 일단은 스스로 노력해보세요!"

"흐아아……."

정론으로 공격당한 로라는 전혀 반격하지 못했다.

뺨을 잔뜩 부풀리고 숙제와 눈싸움을 하는 수밖에 없었다.

© 2017 Riichu

"로라에몬 씨, 열심히 하고 있군요."

그때 수인 미사키가 나타났다.

미사키는 원래 산 위에 있는 수인 마을 『오이세 마을』에 살던 무녀다.

그러나 모셔야 할 신수 하쿠의 알이 폭우에 떠내려가고, 더욱이 알을 깨고 나오자마자 로라를 보는 바람에 로라를 어미로 착각하고 만 일이 있었다. 그 바람에 하쿠는 이렇게 로라와 함께 길드레아 모험가 학교에서 살고 있었다.

그래서 미사키도 수인 마을을 떠나 학생 기숙사의 빈 방에서 살기로 했다. 미사키의 목적은 신수 하쿠 옆에 있는 것이지만, 하쿠는 기본적으로 로라가 돌보고 있다.

그래서 한가한 미사키는 평소에 구내식당에서 일했다.

2학기가 시작되자마자 구내식당에 수인 점원이 나타나는 바람에 학생들은 가벼운 패닉 상태에 빠졌다.

그러나 미사키의 밝은 성격 덕분인지 지금은 아무렇지 않게 받아들여지고 있다. 오히려 마스코트로 인기를 모을 정도였다.

"애쓰는 로라에몬 씨한테는 제가 밀크티를 사겠습니다. 단 걸 마셔서 머리에 영양분을 보내는 겁니다."

그렇게 말하며 미사키는 로라 앞에 찻잔을 내놓았다.

미사키의 마음 씀씀이에 로라는 감동했다.

이런 배려심을 갖췄으니 학생들도 쉽게 받아들인 것이다.

"고마워요, 미사키 씨. 아, 하지만 구내식당 메뉴는 원래 무료 잖아요…… 산 게 아니에요!"

"들켰군요. 어쨌든 제가 만든 건 분명하니 사양 말고 마시세요."

"네에…… 잘 먹을게요."

감동이 반으로 줄었지만 뇌가 단 것을 원하고 있었던 것은 분명하다.

고맙게 먹도록 하자.

"자. 로라에몬 씨가 열심히 숙제를 하는 동안, 하쿠 님은 저랑 노는 겁니다."

"삐―."

미사키는 앞치마 차림으로 하쿠를 품에 안고 로라 옆에 앉았다.

밀크 티 대접은 핑계고 하쿠와 노는 게 목적이었는지도 모른다.

"미사키 씨는 정말 하쿠를 좋아하네요."

"당연하죠. 하쿠 님을 받들어 모시는 게 미사키의 역할입니다. 게다가 무척 귀엽습니다!"

그 의견에는 로라도 동의했다. 하쿠는 귀엽다. 개와 고양이보다 귀엽다고 생각할 정도였다.

로라의 머리를 기어올라 앉는 것도, 주변을 자유롭게 돌아다니는 모습도 다 귀엽다.

그러나 로라가 아닌 다른 사람들에게도 바로 곁을 내주는 것이 옥에 티다.

처음에는 로라와 잠시 떨어지기만 해도 울부짖었는데 말이다.

지금은 자기를 귀여워해주는 사람이라면 금방 따른다. 정말 지조 없는 신수다.

"우우."

"로라가 하쿠를 빼앗겨서 질투하고 있어."

안나가 로라의 얼굴을 보면서 중얼거렸다.

"질투 같은 거 안 했어요! 전 숙제를 하느라 바쁘다구요!"

"아아…… 질투하는 로라도 귀여워요~!"

"삐이?"

하쿠가 미사키의 품 안에서 의아한 표정을 지었다.

그때 에밀리아가 나타났다.

"아, 여기 있었네. 로라. 빨리 숙제를 제출해줘. 나, 이제 집에 가고 싶어. 안나도. 내가 전사학과 선생님한테 드릴 테니까."

어느샌가 창문 너머의 경치가 밤의 어둠에 잠기고 있었다.

구내식당에는 마법 등이 켜졌다.

"난 방금 끝났어."

안나가 숙제 공책을 제출했다.

에밀리아는 그것을 훌훌 넘기더니 만족스럽게 끄덕였다.

"훌륭해. 여름방학 안에 끝냈더라면 더 훌륭했겠지만. 로라는?"

"저, 전 조금만 더……."

"아직도 안 끝난 거야?! 정말…… 한가하게 밀크 티를 마실 때가 아니잖니!"

"이건 뇌에 영양소를 보내기 위해서예요……. 열심히 하고 있어요!"

실제로 밀크 티를 마시며 살짝 여유를 부리고 있었지만 그걸 얼버무리기 위해 로라는 열심히 숙제에 몰입했다.

에밀리아가 구내식당을 떠날 때까지 계속 열심 모드로 의욕을 어필해야 한다.

"……에밀리아 선생님. 언제까지 거기 계실 거예요?"

"물론 로라의 숙제가 끝날 때까지 기다릴 거야. 끝나지 않으면 돌아갈 수 없어."

"흐아아."

로라는 계속 열심 모드를 이어가는 수밖에 없었다.

그리고 약 한 시간 후, 숙제는 무사히 끝났다.

이로써 본격적으로 2학기가 시작됐다.

과연 어떤 일이 기다리고 있을까?

로라는 벌써부터 가슴이 두근거렸다.

여름방학 숙제를 제출한 날로부터 일주일이 더 흘렀다.

이미 여름방학에 있었던 일들은 추억이 되었다.

성질이 급한 학생은 벌써부터 겨울방학을 기다렸다.

그런 성급한 학생도 어엿한 모험가가 되겠다는 목표를 가지고 입학한 선택받은 학생이다. 수업은 열심히 들었다.

로라도 겨울방학을 기다리는 사람 중 한 명이었지만 방과 후에는 하루도 빠짐없이 훈련장에 다녔다.

진짜 강해지고 싶다면 수업을 듣는 것만으로는 충분하지 않다.

목표가 높은 사람은 자율 훈련에 힘썼다.

그래서 방과 후의 훈련장에는 그런 큰 목표를 가진 학생들이 모였다.

그러나…….

"안나. 안나. 어제도 훈련장에 안 나왔죠? 무슨 일 있었어요?"

점심시간. 언제나의 삼인조는 평소처럼 모여 구내식당에서 점심을 먹었다.

그때 로라가 안나에게 질문을 던졌다.

안나와는 자율 훈련을 함께하는 사이였다.

특별히 약속을 잡지 않아도 방과 후에 훈련장에 가면 만날 수 있었다.

그러나 어제와 그저께 연달아 안나와 만나지 못했다. 물론 그 전에도 안나가 없던 날은 가끔 있었다. 로라도 가끔 자율 훈련을 빠질 때가 있었다. 그러나 그런 날이 이틀씩 이어진 것은 처음이었다.

"……볼일이 좀 있었어."

안나는 말하기 어려운 듯이 대답을 얼버무렸다.

별로 자세히 말하고 싶지 않은 모양이었다.

그렇다면 깊이 파고들지 않겠지만, 혹시 문제에 휘말린 거라면 걱정이다.

"볼일 말이에요…… 그건 오늘도 있나요?"

"응. 한동안 수업 끝나고는 바빠. 그래서 훈련장에는 못 가."

"그렇군요…… 뭔지는 모르지만, 곤란한 일이 있으면 언제든지 말하세요! 제가 할 수 있는 일이라면 뭐든 할게요!"

"나 샬롯 가자드도 잊지 마시길!"

"삐―."

샬롯뿐만 아니라 하쿠까지 안나를 걱정했다.

그러나 안나는「괜찮아」라고만 할 뿐 아무것도 알려주지 않았다.

그런 안나를 보고 로라와 샬롯은 서로 고개를 끄덕였다.

방과 후, 안나를 미행하기로 한 것이다.

※

"수업이 끝났어요. 샬롯."

"바로 미행을 시작해요!"

"삐—!"

수업 때는 로라의 머리 위에 얌전히 앉아 있던 하쿠가 분위기를 살피고는 기분 좋게 울기 시작했다.

기분이 좋은 것은 좋지만 이래서는 미행을 할 수가 없다.

그래서 로라는 일단 구내식당으로 가서 미사키에게 하쿠를 맡기기로 했다.

그랬더니…….

"안나 씨를 미행한다고요. 재밌을 것 같군요. 저도 가겠습니다."

미사키도 따라나서게 됐다.

인원수가 많으면 많을수록 눈에 띄지만…… 조심하면 분명히 괜찮을 것이다.

애당초 더 큰 문제가 있다.

미행을 하려면 지금 현재 안나가 어디에 있는지 알아내야 한다.

구내식당에 오기 전에 전사학과 1학년 교실에 들렀지만, 안나는 이미 사라지고 없었다.

아직 멀리는 가지 않았을 테니 돌아다니면서 찾는 수밖에 없다.

"어머. 다들 창문 밖을 보세요. 마침 안나가 걸어가고 있어요."

샬롯의 재촉에 복도 창문을 보니, 확실히 안나가 교문을 향해 걸어가고 있었다.

즐겨 쓰는 대검을 등에 짊어지고 있어 멀리서도 알아보기 쉽다.

로라 일행은 재빠르게 이동해 적당한 거리를 유지하면서 안나를 뒤쫓았다.

건물 뒤에 숨거나 덤불 속에서 얼굴만 내밀고 있었더니 지나가던 사람이 이상한 눈길로 쳐다봤다. 그러나 정작 안나는 눈치챈 낌새가 없으니 문제없다.

"어렸을 때 숨바꼭질을 하던 때가 떠올라요~!"

"후후후. 왕년에 숨바꼭질의 달인으로 불렸던 실력을 보여줄게요!"

"샬롯은 이상한 걸로 유명했네요."

"삐—."

적당히 잡담을 하면서 미행을 이어나갔다.

그렇게 도착한 곳은 모험가 길드였다.

"의뢰라도 받으러 온 걸까요?"

"그것만이라면 우리한테 비밀로 한 이유를 모르겠어요. 오히려 같이 가자고 했으면 좋을 텐데."

로라 일행은 길드 근처 화단 뒤에 숨어, 안나가 건물에서 나오기를 기다렸다.

"아! 안나 씨가 나왔습니다."

다시 미행을 시작했다.

그러나 그때 로라의 머리 위에 앉아 있던 하쿠가 안나 쪽으로 날아갔다.

"앗, 하쿠, 안 돼요!"

"로라, 머리를 숙여요! 안나한테 들키겠어요!"

로라 일행은 하쿠를 잡으러 가지도 못하고 화단 뒤에 숨어서 가만히 있는 수밖에 없었다.

"삐―삐―."

하쿠는 안나 주위를 푸드득거리면서 맴돌았다.

"……하쿠? 왜 여기에 있어?"

"삐―."

하쿠는 안나의 소맷자락을 잡아당겨 로라 일행이 있는 곳까지 데리고 왔다.

설마 하쿠는 「로라 일행이 안나를 보고 싶어 한다」고 오해한 걸까.

확실히 뒤따라왔고 길드 앞에서 기다린 것도 맞지만 실제로 만나는 건 곤란하다.

어디까지나 안나가 어디에 가는지 몰래 알아보는 것이 목적인데.

"……로라, 샬롯. 미사키까지. 그런데 쭈그리고 앉아서 뭐 해?"

안나가 당연한 의문을 제기했다.

셋이서 나란히 화단 뒤에 숨어 있었던 거다. 백 번 양보해서 생각해도 수상한 게 당연하다.

"그, 그게…… 미사키 씨한테 왕도를 안내해주고 있었어요! 미사키 씨는 여기 온 지 얼마 안 됐잖아요!"

"그렇습니다. 두 사람이 안내해주고 있었습니다!"

"흐음…… 그럼 왜 숨어 있었는데?"

"숨어 있었던 게 아니에요! 이 근처에 동전을 떨어뜨려서 찾고 있었어요!"

로라 일행은 열심히 둘러댔다.

완벽한 이유였으니 확실히 무마됐을 것이다.

실제로 안나는 납득했는지 끄덕이고는 말없이 하쿠를 로라의 머리 위에 얹어주었다.

"동전 열심히 찾아."

"앗, 네! 그런데, 안나는 임무를 하러 가는 거예요?"

"비밀."

안나는 로라 일행을 남겨두고 성큼성큼 걸어갔다.

"후우…… 가까스로 둘러댔네요. 아무튼 하쿠! 마음대로 내 곁에서 떨어지면 안 돼요. 왕도에는 다양한 사람들이 있으니까요. 어쩌면 나쁜 사람한테 잡혀갈지도 몰라요."

"삐이?"

로라는 보호자로서 주의를 줬다.

그러나 하쿠는 별로 알아듣지 못한 모양으로 태평하게 울었다.

"그보다, 빨리 안나를 쫓아가요. 이러다 놓치겠어요."

"사람들 틈에 가려지겠습니다."

오늘은 평일이지만 왕도는 그런 것과는 상관없이 사람들로 북적인다.

특히 인간 마을에서 떨어진 곳에서 온 미사키에게는 굉장히 혼잡하게 느껴질 것이다.

"사람이 많다는 건 우리가 들킬 확률이 줄어든다는 거예요! 잘 이용해서 쫓아가요!"

마음을 가다듬고 다시 안나를 미행했다.

그러나 그 방법은 이미 읽힌 모양이다. 안나는 잠시 걸어가더니 갑자기 모퉁이를 돌아 인적이 드문 골목으로 들어갔다. 그리고는 전력으로 내달렸다.

"이럴 수가! 속임수였어요?!"

"저건 강화 마법을 쓴 거예요! 우리도 달려요!"

로라와 샬롯도 강화 마법을 써서 골목을 질주했다.

그러나 아무리 근력을 강화해도 구불구불한 골목에서는 마음먹은 대로 속도를 낼 수 없다.

게다가 전력으로 질주하면 머리에 매달려 있는 하쿠를 떨어뜨리고 만다.

"기, 기다려주십시오~~."

등 뒤로 미사키의 목소리가 작게 들려왔다.

미사키는 강화 마법을 쓸 수 없기에 따라오기 힘들 것이다.

그러나 일단 일정 거리고 유지하고 있어, 로라는 수인의 신체능력은 굉장하구나 하고 감탄했다.

※

안나를 쫓고 있었더니 어느샌가 숲 속에 와 있었다.

그리고 안타깝게도 안나를 놓치고 말았다.

사라져버렸다.

"으아아…… 거리에서 들켰을 때 이미 실패였던 모양이에요."

"하아……하아…… 이렇게 고생했는데, 아쉽습니다…….'

미사키는 로라와 샬롯을 훌륭히 쫓아왔지만 온몸이 땀에 절어 당장이라도 쓰러질 것처럼 기진맥진이었다. 하지만 근력을 강화한 로라와 샬롯을 따라잡은 것만 해도 굉장했다.

체력이 한계를 맞이한 것은 어쩔 수 없는 일이다.

"안나가 없으면 여기에 있어도 소용없어요. 돌아가요……."

"그래요. 슬슬 날도 저물겠어요."

"배가 고픕니다. 그리고 저녁 식사 시간까지 식당으로 돌아가서 일을 하지 않으면 야단맞습니다."

로라 일행은 왕도로 돌아가기로 했다. 그러나 거기서 문제가 발생했다.

"아, 우리, 저기서 온 거죠?"

"아니에요. 틀림없이 이쪽이에요."

"둘 다 틀렸습니다. 수인의 감을 믿으십시오."

세 사람이 모두 다른 방향을 가리켰다.

이건 곤란했다.

숲에서 길을 잃는 것은 모험가 지망생의 수치다.

아무리 뛰어난 전투력을 가졌어도 집으로 돌아가지 못하면 소용없다.

여느 아이보다 못하다.

뭐, 로라는 실제로 아이지만.

"하쿠는 왕도가 어딘지 알아요?"

로라는 밑져야 본전으로 머리 위에 있는 하쿠에게 물어봤다.

그러자 하쿠는 「삐ㅡ」하고 자신만만하게 울더니 파닥파닥 날아갔다.

"오! 아무래도 저쪽이 왕도인 모양이에요!"

"······정말이에요? 우리가 가리킨 어느 방향과도 달라요."

"하지만 하쿠 님은 신수입니다. 믿는 자에게 구원이 있습니다."

로라 일행은 하쿠의 꽁무니를 쫓아갔다.

삼 분 정도 걸었더니 큼직한 사과나무가 나타났다.

붉은 열매가 무척 먹음직스러웠다.

하쿠는 그 사과 열매를 따서 아삭아삭 베어 먹었다.

"······하쿠. 그냥 사과가 먹고 싶었던 거예요?"

"삐—."

"하아······ 기대한 우리가 바보였어요."

"자, 잠깐만요. 이대로 쭉 걸어가면 왕도가 나올지도 모릅니다!"

"하지만 미사키 씨. 오는 길에 사과나무 같은 건 못 봤어요. 이렇게 큰 사과나무가 있었다면 분명히 기억에 남았을 거예요."

"우, 그건······."

머뭇거리는 미사키에게 최후의 일격을 가하듯, 샬롯이 의기양양하게 외쳤다.

"다시 말해 우리는 완전히 길을 잃은 거예요!"

샬롯은 빠밤 하는 효과음이 들리는 것처럼 가슴을 활짝 폈다.

하지만 냉정하게 생각하면 전혀 우쭐할 게 아니다.

어떤 논리로 샬롯이 우쭐한 얼굴을 하고 있는지 로라가 알 바 아니지만, 서두르지 않으면 정말 해가 지고 만다. 여유를 부릴 때가 아니다.

로라는 깊은 숲 속에서 노숙을 하기는 싫었다.

프로 모험가라면 그런 일도 일상다반사이리라. 그러나 그들은 사전에 준비를 한 다음 모험에 나선다.

반면 로라 일행은 방과 후에 돌아다니다가 어느샌가 이곳으로 흘러들어온 최악의 상황이다. 전혀 상황이 다르다.

"이, 일단 식량부터 확보해요!"

로라는 자신만이라도 냉정해져야 한다는 생각에 호기롭게 외쳤다.

"어머, 로라. 식량이라면 눈앞에 있어요."

샬롯이 하쿠를 손가락으로 가리켰다.

"아아아! 하쿠를 잡아먹을 거예요?!"

"아니에요! 사과예요! 눈앞에 사과나무가 있으니 애초에 식량 걱정은 할 필요가 없다고 말하는 거예요!"

"……아아, 그렇군요! 그럼 이제 방향을 확인해야 해요. 전에 수업 시간 때 배웠어요. 숲에서 길을 잃었을 때는 그루터기의 나이테를 봐야 해요!"

"로라. 나이테는 그곳의 환경에 따라 변하기 때문에 확실하지 않다는 것도 배웠잖아요."

"그, 그럼! 우린 어디로 가야 하는 거죠?!"

"진정하세요! 식량은 해결됐으니 다음은 물이에요. 그리고 잘 곳을 확보해야 해요! 왕도는 내일 아침에 다시 찾아봐요!"

샬롯은 언니답게 척척 계획을 세웠다.

로라가 「오오!」하고 감탄했다.

역시 샬롯은 멋진 언니다.

정말 든든하다고 로라가 생각한 순간,

"로라에몬 씨. 샬롯 씨. 지금 생각한 건데, 저쪽에서 해가 지고 있으니까 저쪽이 서쪽인 게 확실합니다."

미사키가 지금까지의 흐름을 뚝 끊고 근본적인 해결책을 제시했다.

"그리고 두 사람은 하늘을 날 수 있습니다. 하늘에서 보면 왕도가 어디에 있는지 알아내는 건 일도 아닙니다."

그랬다. 로라와 샬롯은 날 수 있다. 까맣게 잊고 있었다.

어차피 평소에는 인간이 하늘을 날 상황을 만날 기회기 적기 때문에 스스로도 잊고 만다. 하지만 해가 지는 방향은 전혀 생각하지 못했다.

어쩌면 미사키는 천재가 아닐까……?

"……로라. 우리 둘 다 길을 잃어도 냉정함을 유지할 수 있었으면 좋겠네요."

"네…… 정말 그래요."

현실 도피를 할 때가 아니었다.

이래서는 훌륭한 모험가가 될 수 없다.

깊이 반성할 때다.

"삐―."

로라와 샬롯이 스스로의 판단력에 중대한 결함을 발견하고 침울해져 있을 때, 신수 하쿠는 네 번째 사과를 덥석 물고 행복한 표정을 짓고 있었다.

※

로라는 두둥실 날아올라 숲 위에서 왕도의 방향을 확인했다.

그리고 다 같이 사과를 먹으면서 귀갓길에 올랐다.

유감스럽게도 안나가 무엇을 하는지는 알아내지 못했다.

하지만 사과가 맛있어서 만족스러웠다.

나중에 대중탕에서 안나를 보면 직접 슬쩍 떠보기로 하자.

그런 얘기를 하면서 걷고 있자니, 멀리서 시끄러운 소리가 들려왔다.

"무슨 소리일까요?"

"분명 누군가가 몬스터와 싸우는 거예요."

"저렇게 큰 소리를 낸다는 건, 상당히 센 몬스터라는 겁니다. 빨리 도망쳐야 합니다."

"무슨 소리예요, 미사키 씨. 강한 몬스터라면 꼭 봐야죠!"

"동감이에요! 하쿠도 보고 싶죠?!"

"삐一."

"……위험해지면 절 꼭 지켜주세요."

"걱정 마세요. 지켜줄게요!"

그렇게 해서 세 사람은 굉음이 들린 쪽을 향해 달려갔다.

한창 이동하는 중에도 소리와 진동이 전해져왔다.

나무가 우르르 쓰러진 모양이었다.

현장에 도착하니, 그곳에 있던 것은 호랑이였다.

다만 평범한 호랑이가 아니다.

이마에 칼날처럼 날카로운 뿔이 난 호랑이다.

음속의 돌진 속도를 자랑하는 호랑이, 혼라이거다.

"싸우고 있는 건 안나 씨입니다!"

미사키 말대로 혼라이거 맞은편에서 검을 겨누고 있는 소녀는 로라 일행의 친구 안나였다.

이미 상당히 오래 싸우고 있었던 모양이다.

주위의 나무들은 몇 그루나 잘려나가 있고, 땅에는 구멍이 파여 있다.

혼라이거의 음속 돌진이 만들어낸 것이리라.

자세히 보니, 이미 안나가 쓰러뜨린 것으로 짐작되는 혼라이거의 사체 두 개가 나동그라져 있었다.

지금 대치 중인 것은 마지막 한 마리다.

"들키지 않게 숨어요."

로라 일행은 나무 뒤에 숨어 얼굴을 반만 내밀고 안나와 혼라이거를 몰래 지켜봤다.

그런데 안나는 왜 이런 곳에서 몬스터와 싸우고 있을까.

게다가 혼라이거는 C랭크로 지정된 몬스터다.

길드레아 모험가 학교의 교칙은 재학생이 C랭크 이상의 몬스터와 싸우는 것을 금지하고 있다.

다시 말해 이것은 엄연한 교칙 위반이다.

교사들에게 들키면 어떤 처벌을 받을지 모른다.

"큭, 안나. 나 몰래 이런 수련을 하고 있었다니……. 치사해요!"

"샬롯, 큰 소리를 내면 들켜요!"

로라 일행이 지켜보는 가운데, 혼라이거가 안나를 향해 돌진했다.

음속을 넘은 순간, 굉음과 함께 주위에 떨어져 있던 낙엽과 나뭇가지가 튀어 오르고 지면이 움푹 파여 나갔다.

보통 사람이라면 무슨 영문인지도 모른 채 순식간에 찔려 죽어갈 것이다.

그러나 안나는 물론 평범한 사람이 아니다.

강화 마법을 써서 몸에 마력을 휘감았다. 그러고는 혼라이거를 정면으로 공격했다.

돌진해온 초음속의 뿔을 아슬아슬하게 피하고 스쳐 지나는 순간 검을 휘둘렀다.

혼라이거의 목에 박힌 검은 안나의 힘과 혼라이거의 돌진력에 의해 어깨에서 배까지 파고들었다.

피가 튀고 내장이 쏟아졌다.

확실히 죽었다.

그러나 초음속으로까지 속도를 높인 혼라이거는 바로 멈추지 못했다.

온몸에 힘이 빠져 쓰러졌는데도 그대로 땅을 굴러가 흙먼지를 피웠다.

큰 나무와 충돌해 심한 요동을 일으키고 나서야, 혼라이거의 사체는 움직임을 멈췄다.

"안나 씨, 굉장한 솜씨였습니다."

미사키가 작게 중얼거렸다.

지금 이 싸움을 제대로 지켜본 것만으로도 미사키도 충분히 굉장하다.

그러나 확실히 안나의 검기는 훌륭했다.

여름방학 동안 브루노에게 맹훈련을 받은 덕분이다.

로라는 친구의 성장을 기뻐하면서도 몰래 경쟁심을 불태웠다.

"어머. 안나 씨가 혼라이거의 사체를 끌고 왕도 쪽으로 걸어가고 있어요. 어쩌려는 걸까요?"

"혼라이거의 뿔은 무기의 소재로 비싸게 팔려요. 고기는 질겨서 인기가 없지만, 가죽과 뼈는 이용 가치가 있어요. 길드에 팔려는 게 분명해요."

"그렇군요……. 안나는 역시 돈이 궁한 걸까요?"

"교칙을 어기면서까지 돈을 벌어야 할 정도로 힘들었다니……. 섭섭해요! 돈 같은 건 어떻게든 마련해줄 수 있는데……."

"친구한테 돈을 빌리는 게 싫었던 걸까요."

"그게 섭섭하다는 거예요!"

샬롯이 뾰로통한 표정을 지었다.

그러고 있는 사이에 안나는 혼라이거를 질질 끌고 멀리 가버렸다.

로라 일행은 나무 뒤에 숨어서 신중히 뒤를 밟았다.

과연 안나는 번 돈을 어디에 쓰는 걸까.

불온한 낌새가 느껴지기에 친구로서 알아볼 의무가 있다.

※

혼라이거의 사체를 모험가 길드에 도매로 넘긴 안나는 학생 기숙사와는 다른 방향으로 걸어가기 시작했다.

역시 수상하다. 이미 완전히 해가 저물었는데도 돌아가지 않다니, 보통일이 아닌 것이 틀림없다.

"혹시…… 안나 씨는 따로 사는 남편이 있는 걸까요?"

미사키가 불쑥 황당한 말을 꺼냈다.

"안 돼요! 그건 불순한 이성 교제예요!"

"하지만 이런 시간에 학교 밖에 볼일이 있다는 건 이상합니다."

"그럼 안나는 남자를 먹여 살리려고 몬스터를 사냥했다는 거예요?!"

로라는 터무니없는 소리라고 생각하려 했다.

그러나 안나는 상당한 미소녀. 남자한테 인기가 없을 리가 없다.

게다가 로라 일행은 안나의 사생활에 대해서 아는 게 거의 없었다.

학교에 입학하기 전에 뭘 했었는지도 전혀 모른다.

몰래 무슨 일을 했어도 이상하지 않다.

"이, 일단 쫓아가 봐요. 의외로 번 돈으로 과자를 잔뜩 사서 혼자 먹는 것뿐인지도 몰라요."

"이 시간에 과자 가게가 문을 여나요?"

"밤에만 여는 과자 가게인 거예요!"

"밤에만 여는 건 수상한 냄새가 납니다……."

"삐—."

다양한 억측이 쏟아지는 가운데, 안나는 왕도의 변두리로 향해 갔다.

그곳에는 작은 언덕이 있었다.

언덕 위에는 허름한 교회가 있고, 그 주위에는 작은 포도밭이 펼쳐져 있었다.

무척 목가적이고 아름다운 풍경이었다. 왕도에 이런 곳이 있는 줄은 몰랐다.

그러나 아무리 멋진 풍경이라도 안나가 단지 그것을 보려고 들렀다고는 생각할 수 없다.

"안나가 교회 뒷문으로 들어갔어요. 설마 교회 안에서 수상한 남자와 밀회를……?!"

"안나 씨가 남자의 꼬임에 속아 넘어갈 겁니다!"

"아뇨. 이 교회는 분명 고아원을 운영하고 있었어요. 아무리 그래도 고아원에서 밀회 같은 건 하지 않을 거예요."

"아하…… 고아원이군요."

고아원이라면 아이들이 잔뜩 있을 터다.

확실히 굳이 그런 곳에서 남자와 밀회를 한다는 것은 이상한 얘기다.

무엇보다 안나가 남자와 만나고 있다는 것은 로라 일행의 망상일 뿐 아무런 증거도 없다.

그러나 안나의 목적은 여전히 뚜렷하지 않다.

오히려 수수께끼는 깊어져갔다.

"안을 들여다보면 확실해질 겁니다."

"몰래 훔쳐보는 건 범죄예요!"

"하지만 안나가 뭘 하는지 궁금해요. 몰래 봐요."

들키지 않으면 범죄가 아니다.

그래서 로라 일행은 교회 뒤쪽으로 살금살금 다가갔다.

앞쪽은 형형색색의 스테인드글라스로 덮여 있어 안이 보이지 않지만, 뒤쪽은 주거 공간인 듯 평범한 창문과 굴뚝이 나 있었다.

그리고 불빛이 새어나오는 적당한 창문을 찾았다.

"아무래도 다 같이 보면 눈에 띌 거예요."

"로라에몬 씨가 석임자입니다. 작으니까 눈에 띄지 않을 겁니다."

"우우…… 그렇게 극단적으로 작지는 않다고 생각하지만……. 알겠어요. 할게요!"

막중한 임무다. 작기 때문에 막중한 임무를 맡았다는 것도 묘한 이야기지만 이것도 다 안나를 위해서다.

"으음…… 창문이 높아서 잘 안 보여요. 하지만 내가 보기 힘들다는 건 들킬 가능성도 낮다는 거예요!"

로라는 창문 앞에서 까치발을 들고 어떻게든 안을 들여다보려고 했다.

그러나 그때, 창문이 안쪽에서 열리는 게 아닌가. 그리고 그 너머에서 안나가 싸늘한 눈빛으로 이쪽을 내려다봤다.

"안나……! 어떻게 알았어요?! 나는 안이 안 보이는데 안에서는 내가 보인 거예요?! 어떤 구조인 거예요!"

"아니, 로라는 슬쩍 보였지만, 하쿠가 대놓고 보여서."

"아."

듣고 보니 그랬다. 로라의 머리 위에는 하쿠가 타고 있었다. 그래서 실제 키보다 눈에 띄고 말았다.

"윽, 이건 생각 못 했어요!"

"하쿠 님이 너무 성스러워서 숨을 수가 없었던 겁니다."

샬롯과 미사키도 분한 듯이 말했다. 작전은 완전히 실패였다. 이렇게 되면 안나에게 직접 묻는 수밖에 없었다.

"단도직입적으로 물을게요. 안나는 여기서 뭘 하는 거예요? 혼라이거와 싸우면서까지 돈을 모으고……. 그건 교칙 위반이에요!"

"선생님한테 들키면 설교 다섯 시간 코스는 각오해야 한다구요!"

"안나 씨가 걱정됐습니다. 절대로 재미로 한 것이 아닙니다."

그렇다. 로라 일행은 진심으로 안나가 걱정돼서 이곳까지 왔다.

애당초 길드레아 모험가 학교의 학생은 의식주가 보장되어 있다. 그런데도 금전적으로 힘들다는 것은 예삿일이 아니다.

"혼라이거와 싸우는 것까지 봤다면…… 할 수 없네. 그렇게 궁금하면 알려줄 테니까 안으로 들어와. 저녁도 먹고."

안나는 체념한 듯 중얼거렸다. 로라는 의외로 쉽게 가르쳐주는구나 하고 생각했다.

다시 말해, 떳떳하지 못한 일을 했던 것은 아닌 모양이었다.

그 사실에 안도하면서도 방과 후에 혼라이거를 사냥하고 고아원에 와야 했던 이유가 뭘까 하고 고개를 갸웃했다.

※

교회 뒷문을 지나 안으로 들어가니, 기다리고 있던 것은 안나가 아니라 젊은 수녀였다.

물론 젊다고 해도 로라 일행보다는 나이가 많다.

에밀리아 선생님과 비슷한 나이일 것이다.

그 수녀는 로라 일행을 보자마자 『어머나』 하고 중얼거리고는 눈을 빛내며 다가왔다.

"그 교복. 안나와 같은 모험가 학교 학생이지? 그럼 로라 양과 샬롯 양이구나! 그리고 수인 친구는 미사키 양. 마지막으로 흰 드래곤 새끼는 하쿠!"

이름을 불린 하쿠가 로라의 머리 위에서 느릿느릿 움직여 자랑스레 울었다.

"삐—."

그런데 어째서 교회의 수녀가 로라 일행을 알고 있는 걸까.

아무래도 안나에게서 들은 것 같은 말투인데, 안나는 그렇게 자주 이곳을 방문하는 걸까? 애당초 교회와 안나는 어떤 관계일까? 의문이 차례로 솟아났다.

"으음…… 저희는 안나를 만나러 왔어요."

"아, 그래. 그렇지. 안나의 친구들이지! 다행이다~. 안나는 옛날부터 과묵해서 친구를 사귈 수 있을까 걱정했었어. 그런데 이렇게 귀여운 친구를 셋씩이나 사귀다니! 미사키 양은 귀까지 있고!"

수녀가 미사키의 복슬복슬한 여우 귀를 만졌다.

"가, 간지럽습니다~."

미사키는 손을 휙휙 휘두르며 샬롯 뒤에 숨었다.

"아아, 미안해. 귀여워서 그만……."

"수인의 귀와 꼬리는 갑자기 만지면 안 됩니다. 꼭 만지고 싶다면 먼저 말해주십시오. 마음의 준비가 필요합니다."

미사키는 사람이 좋아서 만지게 해달라고 사정하면 만지게 해

준다.

로라 일행은 곧잘 구내식당이 비는 시간대에 가서 만지곤 했다.

그러나 마음의 준비를 해도 간지러운 것은 어쩔 수 없는지 입을 꾹 닫고 부르르 떠는 모습은 정말 사랑스럽다.

"……베라. 마음은 이해하지만 처음 만난 사람의 귀를 만지는 건 변태들이나 하는 짓이야."

복도 끝에서 안나가 나타났다.

"세상에. 변태라니! 그건 아니지?!"

베라라고 불린 수녀는 로라 일행을 보며 동의를 구했다. 그러나 그렇게 생각하면 확실히 변태일지도 모른다. 로라도 갑자기 귀를 만진 적은 없었다.

처음에는 꼬리였다. 만나자마자 귀를 만지는 실례는 하지 않는다.

"다들 눈빛이 차가워…… 우우, 역시 나 같은 건 살아 있을 가치도 없는 거야!"

"진정해, 베라. 아무도 그렇게 말한 적 없어. 특히 로라는 오믈렛을 먹게 해주면 바로 존경의 눈빛으로 바라보니까."

"우……. 안나, 그건 좀 너무하지 않아요? 난 그렇게 가벼운 여자가 아니에요."

"그렇게 말하면서 침을 흘리고 있어."

"하흡?!"

로라는 황급히 입가를 손으로 훔쳤다. 확실히 침이 나와 있었다.

"오믈렛? 아아, 그러고 보니, 로라 양은 오믈렛을 좋아한댔지. 그럼 맡겨줘. 오늘 아침 갓 수확한 달걀이 있으니까. 최고로 맛있는 오믈렛을 만들어줄게."

오늘 아침 갓 수확한 달걀!

최고로 맛있는 오믈렛!

"로라, 벌써 존경의 눈빛으로 변했어요."

"쉬운 여자입니다."

"그, 그야 어쩔 수 없잖아요. 오늘 아침 갓 수확한 달걀로 오믈렛을 만드는 거라구요!! 기대하지 않는 게 이상해요. 그러니까 베라 씨. 제 기대에 부응해주세요!"

"알았어! 맡겨줘. 오믈렛은 자신 있는 요리야."

과연 신을 모시는 수녀다.

오믈렛이 특기라니. 무엇이 인류에게 도움이 되는지 잘 알고 있다.

"베라…… 배고파. 저녁은 아직 멀었어?"

"성장기라구. 제대로 먹게 해줘."

"신부님은 성장기가 아니지만 너무 배가 고파서 흐물흐물해졌어."

안쪽 방에서 소년 두 명과 소녀 한 명이 나타났다.

나이는 로라보다 더 어렸다. 고아원 아이들이리라.

"어라? 손님?"

"안나 누나랑 같은 교복이다!"

"안나 언니가 항상 말했던 친구들? 진짜 있었어!"

아이들은 로라 일행을 보더니 마치 환상 속의 보물이라도 보는 눈빛을 보냈다.

역시 안나는 이곳에 자주 드나든 모양이다.

"안나는 이 고아원과 어떤 관계인 거예요?"

로라가 묻자, 베라는 뜻밖이라는 얼굴을 했다.

"어머. 안나한테 못 들었어? 안나는 이 고아원에서 자랐어."

"에엣. 그런 거였어요?!"

입학한 이후로 줄곧 함께 지내온 친구가 고아원 출신이었다.

그래서 어쨌다는 건 아니지만 놀랄 만한 사실인 것은 틀림없다.

"뭐…… 그렇게 됐어……."

안나는 겸연쩍은 듯이 뺨을 긁적였다.

※

고아원에는 베라와 세 아이, 그리고 사십 대 중반쯤으로 보이는 신부가 있었다.

신부는 살짝 흐릿한 인상의 인물이었지만, 20년 넘게 이 교회와 고아원을 지켜온 모양이다.

그리고 베라도 이 고아원에서 자랐다. 크고 나서는 수녀가 되어 신부를 돕고 있다고 한다.

그러나 능숙하게 아이들을 관리하며 저녁 식사를 준비하는 베라와, 가구처럼 식탁에 앉아 있는 신부를 비교하면 이 교회의 실세가 누구인지는 아홉 살인 로라도 어렴풋이 알게 됐다.

"자, 신부님. 식전 기도를 부탁드려요."

베라의 말에 신부는 온화한 목소리로 감사의 기도를 올리기 시작했다.

흐릿한 인상이지만 진짜 신부인 만큼 그 목소리에는 신비로운 감사가 묻어났다.

인상은 흐릿하지만—.

"주여. 우리에게 일용할 양식을 주시어 감사합니다. 당신의 축복이 내일도 하늘과 땅에 닿기를 기도합니다."

최고신에게 바치는 기도다.

로라도 본가에 있었을 때는 가끔 부모님을 따라 교회에 가곤 했지만 식사 때마다 기도를 올릴 만큼 신앙심이 깊지는 않았다.

구내식당에서도 일일이 기도를 올리는 사람을 본 적이 없기에 그것이 일반적일 것이다.

그러나 과연 교회다.

신부님의 기도에 이어 베라와 아이들, 그리고 안나까지 능숙하게 감사의 기도를 올렸다.

샬롯도 아가씨답게 교회 사람들에게 맞추고 있었다.

로라만 반 박자 늦게 복창했다. 그러나 미사키는 그조차 따라 하지 못하고 입을 우물거리면서 기도하는 척만 했다.

수인과 인간은 신앙의 형태가 다르니 어쩔 수 없다.

"—그리고 우리를 구원하옵소서. 아멘."

로라와 미사키는 마지막 『아멘』만 겨우 맞춰 간신히 넘겼다.

거기에 하쿠가 식탁 위에서 『삐—』하고 울어 마무리했다.

아마도 신수에게도 최고신은 높은 존재이기에 아멘이라고 말하려던 것이리라.

아무리 그래도 『우리를 구원하옵소서』는 식전 기도로는 상당히 별난 내용이다.

오히려 위기의 순간에 신의 가호를 바라는 기도로밖에 들리지 않았다.

그러나 그런 로라의 당혹감과는 별개로 교회 사람들은 오믈렛에 나이프와 포크를 찔렀다.

로라는 그 위기가 무엇인지 물으려 했지만, 오믈렛을 보는 순간 제대로 된 사고력을 잃었다.

오믈렛을 나이프로 잘랐다. 그러자 안에서 걸쭉한 치즈가 흘러나왔다.

포크로 떠 입에 넣었다. 굉장한 맛이었다.

걸쭉한 치즈를 폭신폭신한 달걀이 감싸고 있었다. 이것은 예술이다.

우물우물.

"마, 맛있어요!"

"훌륭합니다!"

어머니인 도라가 만든 오믈렛을 백점 만점으로 한다면 이것은 99점 정도다.

구내식당 오믈렛은 기껏해야 75점이니 굉장한 점수다.

자칭 오믈렛 평론가인 로라도 인정한 맛이다.

하쿠도 자기 앞에 놓인 접시를 앞발로 잡고 능숙하게 오믈렛을 먹었다. 무척 만족스러운 얼굴이었다.

"고마워. 안나 친구들이 온 건 처음이라 실력 발휘를 해봤어."

"베라는 오믈렛뿐만 아니라 요리는 뭐든 잘해."

안나는 자기 일처럼 자랑스레 중얼거렸다. 그러자 아이들도 거들었다.

"어제 먹은 채소 스튜도 맛있었어."

"그저께 먹은 버섯이 잔뜩 들어간 스튜도 맛있었어."

"그래도 요즘은 스튜만 먹었어. 오믈렛을 먹는 건 오랜만이야."

"누나들이 놀러와 준 덕분이야. 고마워!"

"고마워!!"

"고마워!"

아이들은 방실방실 웃었다.

로라도 『헤헤, 천만에요』라며 방실방실 웃었다.

샬롯도 『후후, 이 샬롯 가자드에게 이 정도 일은 아무것도 아니에요』라며 의기양양해했다.

오믈렛을 다 먹은 후에는 다 같이 뒷정리를 했다.

여름방학 때만 해도 샬롯은 마신처럼 식기를 깨뜨렸지만 도라의 특훈이 효과가 있었는지 피해 총액은 무려 제로였다. 사람은 성장한다는 것을 로라는 절실히 깨달았다.

"후후…… 역시 난 천재! 마음만 먹으면 집안일도 문제없어요!"

샬롯은 콧김을 내뿜으면서 가슴을 활짝 폈다.

그러나 그 모습을 본 아이들은 키득대며 웃었다.

"접시를 찬장에 다시 올려놓는 것뿐인데 으스대고 있어."

"이상해."

"그런 건 우리도 할 수 있는데 말이야."

아이들에게 비웃음을 사고, 샬롯은 얼굴이 빨개져서 바르르 떨었다.

"샬롯 씨는 뭐든 자랑을 합니다."

미사키도 아이들과 섞여 웃었다.

그러자 세모눈을 뜬 샬롯이 미사키의 귀에 달려들었다.

"미사키 씨는 스킨십 형벌이에요!"

"어, 어째서입니까아~!"

샬롯이 갑자기 귀는 만지는 바람에, 미사키는 의자에서 굴러 떨어져 기다시피 도망쳤다.

그러나 아이들까지 스킨십형 집행에 가세해 꺄꺄거리면서 귀와 꼬리를 마구 만졌다.

"수인은 부들부들해!"

"중독될 것 같아!"

"또 만지게 해줘!"

그 즐거운 분위기를 알아챘는지, 하쿠는 식탁에서 날아올라 아이들 주위를 빙빙 돌았다.

"날았다!"

"새끼 드래곤이 날았어!"

"새끼인데도 날 수 있네!"

"삐—."

아이들은 드래곤형의 신수도 겁내지 않고 그 뒤를 쫓아갔다.

덕분에 미사키는 간신히 풀려났지만 이미 만신창이다. 즐거워 보이는 아이들과는 반대로 눈이 풀려 바닥에 쓰러졌다.

"조, 좋아해줘서 다행입니다……."

사람 좋은 미사키는 실신 직전까지 스킨십을 당했는데도 아이들을 혼내지 않았다.

그러나 샬롯은 용서할 수 없는 모양이다.

빨개진 얼굴을 들어 송곳 같은 눈빛으로 샬롯을 노려봤다.

"샬롯 씨한테는 복수할 겁니다……!"

"언제든지 덤비세요!"

그 후 로라 일행은 교회 사람들과 통성명을 하고 사소한 잡담으로 이야기꽃을 피웠다.

키가 큰 남자아이는 빌리. 키가 작은 남자아이는 길이라고 했다. 여자아이는 코니다. 다들 고아인데도 무척 밝다.

고아원에서 있었던 일을 즐겁게 이야기했다. 마당에 있는 닭장에서 수확하는 달걀은 자기들이 먹기도 하지만 팔기도 하는 모양이다.

또 교회 주변에 펼쳐진 포도밭은 다 같이 가꾸고 있고, 머지않아 찾아올 수확기 후에는 와인으로 만들어 출하한다고 한다.

지금은 고아원에 아이들이 세 명밖에 없지만 전에는 안나까지 네 명이었다.

그 전에는 더 있었지만 다들 어엿한 성인이 되어 독립했다.

안나처럼 가끔 얼굴을 비치는 아이가 있는가 하면 어디서 뭘 하고 지내는지 모르는 아이도 있다.

빌리, 길, 코니 세 명은 나이가 비슷해 같이 어울려 놀지만 올봄까지는 안나가 맏이로서 이것저것 보살펴주었다고 한다.

그리고 자기들보다 어린 아이가 오면 이번에는 자기들이 보살펴줄 차례라며 씩씩하게 말했다.

늘 멍한 표정을 짓고 있는 안나가 그런 존재였다니 이상한 기분이 들었다.

그러나 드물게 보여주는 상식적인 모습이나 집안일에 능숙한 모습에서 그런 면들이 얼핏 비쳤었다.

그렇구나. 안나는 언니였구나 하고 로라는 묘한 감탄을 했다.

"그런데 신부님, 베라 씨. 조금 전에 올린 식전 기도가 살짝 묘했어요. 신부님은 우리를 구원하옵소서라고 하셨죠? 죄송하지만, 먹을 것이 제대로 눈앞에 있는데도 더욱 구원을 바라는 건 최고 신에 대한 실례이지 않을까요? 아니면 이 고아원에 무슨 문제라도 있나요?"

이야기가 일단락됐을 때 샬롯이 의문을 입 밖에 냈다.

로라도 그랬나는 것을 생각해냈다.

오믈렛 때문에 까맣게 잊고 있었다.

애당초 로라 일행은 안나의 수상한 행동을 밝혀내기 위해 방과 후를 이용했던 거다.

안나는 교칙을 어기면서까지 몬스터를 사냥해 돈을 벌었다.

그리고 번 돈을 가지고 곧장 이 고아원에 왔다.

그것만으로도 수상한데 신부님의 『우리를 구원하옵소서』라는 기도까지.

이미 결정적이라고 할 수 있으리라.

"……그건 샬롯과 상관없는 일이야."

안나가 불쑥 중얼거리며 설명을 거부했다.

신부와 베라도 고개를 숙인 채 말을 아꼈다.

세 아이들만 놀란 얼굴로 모두의 얼굴을 둘러봤다.

"그건 아니죠, 안나! 혼라이거를 세 마리씩이나 길드에 가져가면 한 집안이 겨울을 나고도 남을 정도의 수입이 있어요. 그런데도 아직 해결되지 않은 문제를 친구가 떠안고 있는데, 모른 척할 수 없는 게 당연하잖아요!"

샬롯이 소리치며 식탁을 탁 내리쳤다.

그러자 모두가 그녀를 멍한 표정으로 쳐다봤다.

"뭐, 뭐예요? 난 이상한 말은 하나도 하지 않았어요!"

"그런 게 아니고, 다시 봤습니다. 샬롯 씨. 친구가 곤란한 일에 처했을 때는 돕는다. 당연한 말이지만, 그렇게 열변을 토하는 사람은 처음 봤습니다. 훌륭해요!"

"샬롯은 무척 따뜻한 사람이에요, 미사키 씨. 외모가 화려해서 자주 오해받지만요……."

"확실히 샬롯은 무척 좋은 사람이야."

미사키, 로라, 안나의 찬사에 샬롯은 삶은 문어처럼 빨개져서 몸을 떨었다. 부끄러운 모양이다. 정말 사랑스러운 사람이다.

그런 샬롯을 본 베라는 아이들에게 시선을 옮겨, 늦었으니 이제 그만 자러 가라고 채근했다.

"에에, 싫어~. 안나 누나 친구들도 왔는데 좀 더 놀아도 되잖아~."

"흰 드래곤이랑도 더 놀고 싶단 말야~."

"미사키를 만지고 싶어~."

만지고 싶다는 말에 미사키가 움찔 몸을 떨었다.

"안 돼. 지금부터는 어른들의 시간이야. 평소에는 자고 있을 시간이잖아. 자, 어서."

베라는 세 명을 일으켜 등을 밀며 침실로 데리고 갔다.

그때 세 아이가 로라를 힐끗 보며 납득할 수 없다는 표정을 지었다.

어른들의 시간이라고 말하면서 별로 나이 차이가 나지 않는 로라가 깨어 있어도 되는 건 뭘까. 그렇게 묻고 싶은 듯했다.

그에 대해 로라는 반론할 말이 없었기에 딴 곳을 보며 모르는 척하는 것이 고작이었다.

"자⋯⋯ 아이들이 들어갔으니 본론으로 들어가죠. 이 교회가 안고 있는 문제에 대해서⋯⋯. 괜찮지? 안나. 이 애들은 네가 걱정돼서 여기까지 왔으니까. 아무것도 알려주지 않고 돌려보내는 건 오히려 이기적인 거야."

"알아. 그러니까 내가 설명할게."

안나가 딱딱한 말투로 말했다.

그 탓에 로라는 등을 꼿꼿하게 세웠다.

그러자 머리 위에서 하쿠까지 느릿느릿 고쳐 앉기 시작했다.

샬롯과 미사키도 마찬가지였다.

안나는 한 번 깊이 숨을 들이마시고 내쉰 뒤 조용히 말하기 시작했다.

※

안나의 부모님은 부부끼리 돌아다니며 장사를 했던 모양이다.

모양이다라는 것은 안나도, 그리고 신부와 베라도 직접 그 부부를 아는 게 아니기 때문이다.

안나가 처음 이 왕도에 온 것은 그녀가 아직 젖먹이였을 때다.

안나는 어머니의 품에 안겨 성문 앞에 나타났다.

당시 문지기의 말에 따르면 어머니는 피투성이였다고 한다.

안나의 어머니는 살아 있는 것이 신기할 정도로 큰 부상을 입고, 자기 아이를 왕도 앞까지 데리고 왔다. 딸을 문지기에게 맡긴 어머니는 죽어가는 사람이라고는 생각할 수 없을 정도로 큰 목소리로 『남편이 몬스터한테 습격당했어! 빨리 구하러 가줘!』라고 외쳤다고 한다.

그러고는 그대로 실이 끊긴 인형처럼 쓰러졌다. 그리고 마지막 힘을 쥐어짜 중얼거렸다.

"이 애의 이름은, 안나 아네트."

안나의 어머니는 두 번 다시 말을 하는 일도, 움직이는 일도 없었다.

문지기는 곧장 대기소로 달려가 사정을 설명했다.

행인이 몬스터의 습격을 받았다는 소식을 듣고, 정규군이 곧바로 출동했다.

모험가 길드와 정규군이 가도 근처에 출몰하는 몬스터를 쫓아내고 있다고는 해도, 아주 드물게 이렇게 희생자가 나왔다.

그렇기에 더욱 피해가 커지기 전에 몬스터를 잡아야 했다.

불행인지 다행인지 현장을 찾는 일은 쉬웠다. 어머니가 흘린 피를 따라기면 됐던 거다.

그곳에는 옆으로 쓰러진 마차가 있었다. 물어뜯긴 말의 사체가 있었다. 희롱당하다가 죽어간 남성의 시체도 있었다.

마차에 실린 짐은 거의 없었다.

그러나 병사들의 수색으로 머지않아 짐이 발견됐다.

장소는 동굴 안. 그곳은 고블린의 소굴로 변해 있었다.

많은 식량과 먼 곳에서 실어왔을 것으로 짐작되는 장식품 따위가 어지러이 널린 가운데 고블린들이 잔치를 벌이고 있었다.

아무래도 마차의 주인은 돌아다니며 장사를 하던 사람인 모양이었다.

그러나 아내와 아이를 데리고 다니는 행상인은 드물다.

어쩌면 아이가 태어나서 왕도에 정착할 생각이었는지도 모른다.

짐은 그 자금원이었으리라.

그런 식으로 왕도에 정착하는 자는 많다.

그러나 남자는 이미 죽고 말았다. 그 아내도 죽었다.

고블린은 병사들 손에 섬멸됐지만, 죽은 자는 살아 돌아오지 않는다.

가도 근처에 고블린의 새로운 서식지가 생겼는데도 알아채지 못한 것은 정규군과 모험가 길드의 실수였다.

피해자가 두 명에 그친 것은 오히려 행운이라고 말할 수 있지만, 그것은 죽은 자에게 어떠한 위안도 되지 않는다.

유일한 생존자. 모친이 필사적으로 지킨 아기는 언덕 위에 자리한 고아원에 맡겨졌다.

태생은 모른다. 부모가 행상인이었다는 것도 추측에 불과하다. 생일도 모르므로 성문 앞에서 거두어진 날이 생일이 됐다.

오직 안나라는 이름만이 확실했다. 그것만이 부모가 안나에게 직접 남긴 것이다.

안나가 고아원에 오기까지의 경위는 비참했지만 안나에게는 그 기억이 없다.

고아원을 운영하는 신부는 살짝 못 미더운 인상이지만 선량함을 그림으로 그린 듯한 인물로 잔학한 부류와는 거리가 멀었다.

고아원에는 또래의 아이들도 있었다.

먼저 고아원을 떠난 연장자가 가끔 돌아와 선물을 안겨주거나 재미난 이야기를 들려주는 것도 즐거움이었다.

특히 모험가가 된 선배가 해주는 이야기는 흥미로웠다.

대검을 짊어진 열 살 많은 소녀는 몇 개월에 한 번 고아원에 들러, 졸라대는 안나에게 검술을 가르쳐주기도 했다.

그녀는 안나가 일곱 살 때 얼굴을 보인 이후로 두 번 다시 돌아오지 않았지만, 지금도 어딘가에서 건강히 지내고 있을 거라고 안나는 믿고 있다.

그래서 안나는 조금도 불행하다고 생각한 적이 없었다.

그러나 여덟 살 때.

철이 들기 시작하면서 처음으로 불행이 찾아왔다.

고열과 현기증, 구토가 밀려와 걷는 것은커녕 움직일 수조차 없었다.

당황한 신부와 베라는 의사를 불렀지만, 안나를 고치기 위해서는 연금술사에게 터무니없이 비싼 약을 사야 한다고 의사는 말했다.

그 액수는 교회의 고아원 운영비 3년 치와 맞먹었다.

물론 그런 여윳돈은 없었다. 그래서 빚을 지는 수밖에 없었다. 다행히 돈은 모였다.

원래 정기적으로 기부를 하는 신자들과 매년 와인을 사주는 상인들이 돈을 빌려준 것이다.

결코 적은 금액이 아니었다.

하지만 그들은 안나가 이 고아원에 어떻게 오게 되었는지 알고 있었다.

그래서 모친이 필사적으로 지킨 생명이 꺼져가는 것을 모르는 척 할 수 없었다.

덕분에 안나는 지금까지 살아 있다.

차용증은 형식적으로 만들었지만 누구도 돈을 갚으라고 독촉하지 않았다. 이자조차 붙이지 않았다.

그러나 선의에 기대기만 해서도 안 되기에 와인을 팔아서 번 돈으로 조금씩 갚아왔다.

그로부터 5년이 흘렀다.

빚을 다 갚으려면 십 년은 더 걸리리라.

그 전에 안나는 일류 모험가가 되어 자기 힘으로 갚고 싶었다.

어쨌든 자기의 병을 고치려고 진 빚이다.

고아원 사람들에게 부담을 주는 것은 알토당토 않은 일이다.

그래서 안나는 모험가 길드에 등록하고 돈을 벌어 싸구려 검을 샀다. 그리고 혼자서 검 훈련을 거듭했다.

그리고 올해 길드레아 모험가 학교에 입학했다.

신입생 신분으로 최강이 되는 것은 무리였지만 나름대로 해내고 있었다.

이대로라면 유급당하는 일 없이 무사히 졸업할 수 있을 것이다.

졸업하면 바로 C랭크 모험가다.

보수가 높은 의뢰를 마구 받아 빚을 갚고, 고아원에 기부해 은혜를 갚을 생각이었다.

그럴 계획이었는데—.

계획이 어긋난 것은 일주일 전.

난데없이 빚을 한꺼번에 갚으라는 독촉이 들어왔다.

단, 빚을 독촉한 것은 돈을 빌려준 신자와 상인이 아니었다.

모르는 건달들이었다.

"으응? 잠깐만. 왜 모르는 건달이 빚 독촉을 하는 거예요? 그 사람들한테 빌린 것도 아니잖아요? 설마 신자나 상인 분들이 돈을 받아달라고 의뢰한 거예요?"

갑자기 이야기에 새로운 인물인 건달이 등장했기에 로라는 의문을 제기했다.

"으음…… 왜였더라?"

그러자 안나도 잘 모르는지 도움을 구하는 표정으로 베라를 바라봤다.

"그건 그 사람들이 모두의 채권을 사들였기 때문이야. 거의 협박하다시피 해서 말이지."

"채권이 뭔데요?"

낯선 단어에 로라는 고개를 갸웃했다. 그러자 샬롯이 우쭐대며 설명하기 시작했다.

"채권이라는 건, 말하자면 『돈을 돌려받을 수 있는 권리』예요. 왜, 빌려준 쪽을 채권자, 빌린 쪽을 채무자라고 하잖아요."

"아아, 그러고 보니 들어본 것 같기도……. 그 채권이라는 건 사고 팔 수 있는 거예요?"

"네. 그것도 반드시 액면 그대로의 금액으로 거래되는 건 아니에요. 예를 들면 금화 열 개의 채권을 금화 다섯 개로 사고파는 것도 가능해요."

"호오…… 하지만 그러면 원래의 채권자는 금화 다섯 개분을 손해 보는 거잖아요. 그런데도 파는 일이 있어요?"

"때에 따라서는요. 예를 들면 금화 열 개를 빌려줬는데 채무자에게 갚을 능력이 없어서 금화 열 개는커녕 동화 한 개도 받아낼 가망이 없다. 이 경우에는 금화 열 개를 다 날리는 거죠. 그때 채권을 금화 다섯 개로 사겠다는 사람이 나타나면 대부분은 기꺼이 팔 거예요. 절반이라도 돌려받는 거니까요."

"흠. 하지만 채권을 금화 다섯 개로 산 사람은 어떻게 해요? 채무자한테는 갚을 능력이 없잖아요?"

"그럴 땐 보통 사람들은 쓸 수 없는 비합법적인 방법을 쓰는 거죠."

"하하아. 그렇군요"

로라는 감탄하며 끄덕였다. 이른바 문어방행이라는 거다.

소문에 따르면 문어방행이 되면 감금 상태로 노예처럼 부려진다고 한다.

불쌍한 이야기지만 빌린 돈을 갚지 않으면 그런 신세가 되는 거다.

그건 그렇고 샬롯은 부자인 만큼 돈에 관해서는 정통하다.

어쩌면 샬롯의 본가도 누군가를 문어방으로 보내는 걸까.

무섭다. 덜덜덜.

"샬롯…… 문어방 사람들한테는 상냥하게 대해주세요……."

"네에?! 나랑 문어방이 무슨 상관이 있다는 거예요!"

로라의 오해였던 모양이다. 휴, 다행이다.

"채권에 대해서는 알았습니다만, 어떻게 건달한테 그게 넘어간 거지요? 지금까지 누구도 변제를 요구하지 않았다고 했잖아요?"

"네. 우리도 놀랐어요. 일주일 전 아침, 갑자기 건달들이 차용증을 들고 찾아와서는 전액을 당장 갚으라고 하니까요. 갚을 능력이 없으면 교회와 주변 토지를 내놓으라고 했어요. 그날은 그 말만 하고 돌아갔죠……. 그래서 채권자들한테 자초지종을 들으러 갔더니…… 갑자기 건달들이 들이닥쳐서 채권을 팔라고 협박을 한 모양이에요. 다들 선량한 사람들이라 그런 건달들한테 당해내지 못한 거예요. 굉장히 미안해했어요. 팔고 싶지 않았지만 무서워서 거역할 수가 없었다고."

베라는 그렇게 말하고 한숨을 내쉬었다.

실제로 한숨 정도가 아니라 영혼을 통째로 쏟아내고 싶을 만큼 절실한 문제이리라.

향후 십 년에 걸쳐 갚을 계획이었는데 지금 당장 갚으라고 하니 말이다.

로라는 건달과 채권을 팔아버린 사람들에게 분노를 느꼈다.

그러나 그때 지금까지 잠자코 있던 신부가 입을 열었다.

"원래 빌린 돈은 정확히 갚는 겁니다. 그걸 지금까지 모두의 호의에 기대 띄엄띄엄 갚아왔어. 그 청구서가 지금 돌아온 거지. 아아, 하지만 난 어떻게 되든 상관없어. 베라도 혼자서 살아갈 수 있을 거야. 하지만 교회를 잃으면 아이들은 어떻게 살아가야 할지……."

신부도 다시 고개를 숙이고 한숨을 토했다.

침울해져 있다고 돈이 생기는 것은 아니다.

그러나 이런 작은 교회에는 돈으로 바꿀 수 있는 물건조차 없으리라.

포도를 수확해서 와인으로 만들어 판다고 했지만 건달들이 그렇게 오래 기다려줄 거라고는 생각할 수 없다.

무엇보다 와인이 지금 당장 완성된다 해도 빚을 전부 갚기에는 턱없이 부족할 것이다.

"괜찮아. 내가 어떻게든 해볼 테니까. 그 빚은 내 약 때문에 진 거야. 처음부터 모두와는 관계없는 일이야."

안나는 결의가 담긴 목소리로 나직이 말했다.

그러나 신부와 베라는 그것을 거부했다.

"무슨 소리냐, 안나. 넌 이 고아원 아이다. 그 병을 고치기 위한 약을 사는 건 고아원 전체의 문제야. 너 혼자서 짊어져선 안 돼."

"맞아. 개인 문제는 개인적으로 해결하겠다고 하는 건 고아원의 존재 의의와도 상충돼."

어른들이 설교했지만, 안나는 의연히 대꾸했다.

"하지만 가장 돈을 벌 가능성이 있는 건 나야. 신부님과 베라는 건달들을 상대로 조금만 더 시간을 벌어줘. 내가 반드시 돈을 마련할 테니까."

확실히 이 교회에서 가장 돈을 벌 수 있는 사람은 안나다.

그러나 그럼에도 무리인 것은 무리다. 혼자서는 감당할 수 없다. 그러므로—.

"안나, 나도 도울게요!"

교칙 위반이어도 좋으니 차라리 드래곤을 사냥해버리자.

다시 파자마레인저가 돼서 종이봉투까지 뒤집어쓰면 학교에는 들키지 않을 것이다.

"저도 작은 힘이지만 돕겠습니다."

"삐—."

미사키와 하쿠도 외쳤다. 든든하다. 다 같이 힘을 합치면 얼마든 벌 수 있을 것이다.

"하지만, 너희하고는 정말로 상관없는 일이야……."

"지금까지 뭘 들은 거예요, 안나! 안나가 싫다고 해도 도울 거예요! 빚을 갚지 않으면 방과 후에 특훈도 나오지 않을 거잖아요?!"

로라는 오랜만에 진심을 다해 외쳤다.

친구가 위기인 것이다.

"안나가 『도와주지 않아도 돼』라고 해서 『네, 그렇군요』라며 못 본 척하는— 그런 선택을 하면 난 평생 후회할 거예요! 안나는 내가 그러길 바라는 거예요?!"

설령 상대가 싫어한다 해도 지금은 강제로 도울 때다.

그 결과 미움받을지라도 말이다.

"로라……."

힘없이 중얼거린 안나의 눈에 눈물이 고여 있었다.

평소 별로 감정을 드러내지 않는 안나가 울고 있었다.

분명 그만큼 괴로웠던 것이리라.

그것을 생각하자, 로라의 가슴속에서도 뜨거운 것이 치밀어 올랐다.

"자, 빚 변제 부대를 결성해요! 변제 계획을 세워요!"

"로라에몬 씨. 역시 이럴 때는 고대 유적을 뒤져서 보물을 찾는 겁니다. 깊이 들어가면 들어갈수록 아직 발견되지 않은 보물이 있을 겁니다. 그걸 찾으면 빚을 갚는 건 문제도 아닙니다."

"멋진 작전이에요, 미사키 씨! 하지만 유적을 뒤지려면 며칠은 걸릴 거예요. 신부님, 베라 씨. 다음에 건달들이 오는 건 언제예요?"

"그게, 내일 아침이야……."

베라가 난처한 얼굴로 말했다.

"내일! 게다가 아침! 으음…… 아무리 그래도 그건 너무 빨라요. 좀 더 시간을 벌어야 해요."

"그럼 내일 아침, 다 같이 건달들을 물리적으로 설득하면 어때?"

"안나, 좋은 생각이에요! 이왕이면 물리적으로 설득해서 빚을 탕감받아요!"

"그건 법에 걸릴 것 같아."

"그렇군요…… 그럼 기다리게만 해요! 그런데 샬롯, 아까부터 조용한데, 어떻게 된 거예요? 평소 같으면 제일 먼저 말할 텐데 말이에요. 서, 설마 돕지 않겠다고 하는 건 아니겠죠?!"

대개 늘 소란스러운 인상의 샬롯이지만 어째선지 지금은 입을 꾹 닫고 있다.

평소라면 『나의 기막힌 생각』 같은 걸 말했을 텐데 말이다.

배라도 아픈 걸까.

"아뇨, 그게…… 찬물을 끼얹는 것 같아서 미안하지만…… 일단 내일은 내가 전액을 대신 갚아주면 그만이에요. 아까 들은 금액 정도라면 아버지께 부탁하면 무이자, 무담보, 무기한으로 빌려주실 거예요."

가난뱅이가 열심히 지혜를 짜내고 있을 때, 부자가 자못 당연하다는 얼굴로 해결책을 내놓았다.

모처럼 뜨거운 우정으로 똘똘 뭉쳐 문제에 맞서려고 했는데 말이다.

감동이 물거품이 됐다.

"그렇군요! 역시 부자는 다르네요! 고마워요!"

"왜 살짝 불만인 것처럼 들리죠?!"

"그럴 리가요! 그저 부자는 정말 돈이 많구나 하고 생각한 것뿐이에요!"

"그, 그런 거예요……?"

샬롯이 모호한 표정을 지었다.

어차피 부자는 서민의 마음을 모른다.

"샬롯."

안나가 의자에서 일어나 샬롯에게로 걸어갔다.

그리고 갑자기 샬롯을 껴안았다.

샬롯은 영문을 모르겠다는 표정을 지었다.

로라 일행도 무슨 일인가 하는 얼굴로 지켜보는 가운데,

"……고마워."

안나가 짧게, 그러나 분명한 감사의 뜻을 담아 말했다.

그 말에 샬롯의 표정은 놀라움에서 수줍음으로 변했다.

"아니에요. 치, 친구로서 당연한 일이에요. 하지만 빌려주는 것뿐이에요! 몇 십 년 후라도 좋으니 꼭 갚으세요!"

"알아…… 샬롯하고는 몇 십 년 후에도 친구야."

"아, 안나……!"

샬롯도 안나를 부둥켜안고 눈물을 흘렸다. 안나도 울었다. 그 모습을 지켜보던 신부와 베라도 울었다.

물론 로라와 미사키도 감동해서 울었다.

그 자리에 있던 모두가 훌쩍이는 가운데, 하쿠만 마이 페이스로 식탁 위에서 새근새근 잠들어 있었다.

이리하여 빚 변제 부대는 활동을 시작하기도 전에 해산했다.

그러나 건달들이 무슨 목적으로 채권을 전부 사들였을까 하는 의문이 남았다. 그래도 어쨌든 금전적으로는 샬롯이 있는 한 무적이다.

로라, 안나, 미사키는 학교로 돌아갔다. 샬롯은 본가에 돈을 가지러 갔다.

　그리고 다음 날 새벽. 네 사람은 수업과 구내식당 일을 땡땡이치고 교회에 모였다.

　로라는 수업을 의도적으로 빼먹은 것은 난생처음이었기에 내심 조마조마했다.

　건달은 신경도 쓰이지 않았다.

　하지만 신부와 베라는 불안해 죽겠다는 얼굴을 하고 있다.

　당연했다. 검도 마법도 쓸 수 없는 사람이 건달과 맞서야 하는 것이다.

　아무렇지 않다고 한다면 오히려 감각이 마비된 것이다.

　그러나 이쪽은 길드레아 모험가 학교에서 손꼽히는 실력자 세 명과 평범한 사람과는 비교가 되지 않는 신체 능력을 가진 수인 미사키가 있다.

　게다가 빚 전액의 금화가 준비되어 있었다.

　"괜찮아요! 하나도 두려워할 것 없어요!"

"삐이!"

교회 마당에서 로라가 작은 가슴을 활짝 폈다.

그 머리 위에서 하쿠도 날개를 펼쳤다.

안나는 검을 땅에 꽂고, 미사키는 허공을 향해 주먹을 찌르고, 샬롯은 금화가 가득 든 자루를 손에 들고서 건달을 기다렸다.

참고로 아이들은 이른 아침이기에 아직 잠들어 있었다.

애초에 아이들은 빚에 대해서 모른다. 그렇다면 끝까지 모르는 편이 낫다.

"아, 왔다!"

베라가 외쳤다. 교회로 이어지는 언덕길에 눈길을 주니, 수상쩍어 보이는 남자 셋이 올라오고 있었다.

곰과 정면으로 싸울 수 있을 만한 건장한 체격에 스킨헤드인 남자.

호리호리한 체격이지만 묘하게 키가 크고 뱀처럼 기분 나쁜 눈을 가진 남자.

적당한 체격에 중간키지만 소매 밑으로 보이는 두 팔에 빼곡히 문신을 한 남자.

첫 대면인데도 무척 구별하기 쉬운 삼인조였다.

애당초 오늘부로 이 교회와는 인연을 끊게 될 테니 얼굴을 기억할 필요는 없다.

"뭐야, 저것들! 모험가 학교 학생이 셋이나 있어!"

"겁대가리 없이 경호원을 고용해?!"

"형님, 해치워버립시다!"

그들은 『건달입니다』라고 자기소개를 하는 것보다 알기 쉬운 건달 같은 말투로 말했다.

"오늘이 약속한 기일이다, 이것들아."

"너희가 사정사정해서 기다려줬다고, 요것들아."

"형님, 해치워버립시다!"

스킨헤드 남자가 『어이, 이것들아』라고 하며 종이 다발을 척 들이밀었다.

그것은 차용증 다발이었다.

원래 채권자들의 것을 모은 것이다.

저게 있는 한, 이 교회로부터 빚을 받아낼 권리는 건달들에게 있다.

"자, 내놔라, 이것들아. 애당초 이런 가난한 교회에는 무리한 얘기겠지만, 쯧."

"못 갚겠거들랑 건물이랑 땅을 내놔라, 요것들아."

"형님, 해치워버립시다!"

건달 셋이 차용증을 빌미로 협박해왔다.

그런 건달들 중 가장 눈에 띄는 헤드스킨 남자의 얼굴에, 샬롯이 자루를 집어던졌다.

말 그대로, 물리적으로.

"푸악!"

"요, 요것아! 무슨 짓이냐!"

"형님, 해치워버립시다!"

당연히 건달들은 핏대를 세우며 덤벼들었다.

그러나 샬롯은 새침한 얼굴로 자루를 뒤집어 땅에 금화를 와르르 쏟았다.

건달들은 그 반짝임에 시선을 빼앗겼다.

아니, 샬롯을 뺀 모두가 시선을 빼앗겼다.

"이거면 빚은 해결된 거죠? 주워서 썩 돌아가세요."

샬롯이 내려다보며 말했다.

그러나 건달들은 금화를 줍지 않았다.

"얕, 얕보지 마라, 이것들아!"

"네가 주워서 줘라, 요것아!"

"형님, 해치워버립시다!"

건달에게도 자존심이라는 게 있는 모양이다.

때릴 기세로 호통을 쳤다.

그러나 그때.

수인 미사키가 땅을 있는 힘껏 박찼다.

그 순간, 쿵 하는 굉음과 함께 흙먼지가 피어올랐다.

놀란 건달들이 딱딱하게 굳었지만 이쪽의 위협은 계속됐다.

안나는 검을 휘둘러 회오리바람을 일으켰다.

샬롯은 얼음 정령을 열 마리나 소환했다.

로라는 그 주변에 벼락을 떨어뜨리고 하쿠도 입에서 불꽃을 뿜었다.

건달들은 겁을 먹었다.

신부와 베라도 겁을 먹었다.

"정체가 뭐냐, 이것들아!"

"왜 이런 센 녀석들이 교회에 모여 있는 거야, 요것들아!"

"형님, 해치워버립시다!"

건달들이 시끄럽게 외쳐댔지만 로라 일행은 말없이 노려볼 뿐이었다.

그 눈싸움은 건달들의 패배로 끝이 났다.

건달들은 땅에 흩어진 금화를 주워 모아, 허둥지둥 도망쳤다.

교회의 승리였다.

그러나 샬롯이 마지막으로 외쳤다.

"잠깐만요! 차용증은 주고 가세요!"

건달들은 차용증 다발을 냅다 던졌다.

"두고 보자, 이것들아!"

"우리를 얕본 건 그냥 넘어가지 않겠다, 요것들아!"

"형님, 해치워버립시다!"

저마다 그런 말을 하면서 언덕을 후다닥 달려 내려갔다.

교회의 완벽한 승리였다.

금화는 줬지만 그것은 원래 있던 빚이기에 어쩔 수 없다.

차용증은 제대로 돌려받았다.

"의외로 허무하게 끝났네요!"

"후후후. 우리가 있으니 당연해요."

"뭐, 돈을 돌려줬으니 당연한 겁니다."

"삐—."

그렇게 태평한 로라 일행과는 달리, 안나는 진지한 얼굴로 건달들이 사라진 길을 쳐다봤다.

"설마 이렇게 간단히 해결되다니……."

여전히 문제가 해결된 사실을 믿을 수 없다는 눈치다.

오히려 해결되지 않았다고 생각하는지도 모른다.

확실히 의문은 남는다.

우선, 왜 건달들이 이 교회의 채권을 사들였는지 밝혀지지 않았다.

교회에는 갚을 능력이 없는데 말이다.

건물과 땅을 빼앗는다 해도…… 미안한 말이지만 별로 돈이 될 것 같지 않다.

무엇보다, 건달 따위가 어떻게 채권을 사들일 자금을 마련했는지도 알 수 없다.

따라서 아직 밝혀지지 않은 내막이 있다고 생각하는 것이 당연하다.

그러나 건달들의 속셈이 무엇이든 간에 빚은 갚았다.

그리고 단순한 전투력만으로도 압도했다.

걱정할 일은 전혀 없다.

"이겼어요. 압도적인 승리예요. 샬롯이 금화로 녀석들을 때려준 덕분이에요!"

"역시 부자는 강하군요."

"샬롯 덕분이야."

로라, 미사키, 안나가 손을 모으고 샬롯에게 머리를 숙였다.

신수인 하쿠도 『삐─』 하며 앞발을 모았지만, 아마 그 의미는 모를 것이다.

그러나 신부와 베라가 합장한 것은 진짜다.

진짜 신을 모시는 사람의 기도다.

"오오, 주여. 구세주를 보내주셔서 감사합니다."

"샬롯 양이 천사였다니……!"

로라 일행과는 달리 이 두 사람은 진심으로 기도했다.

진심으로 샬롯을 숭배할 대상으로 인정하고 있다.

당연히 숭배의 대상이 된 샬롯은 홍당무가 되었다.

"왜, 왜 그러세요! 전 안나한테 돈을 조금 빌려준 것뿐이에요! 떠받들 이유가 없어요!"

그런 샬롯의 호소를 무시하고, 신부와 베라는 계속 기도를 올렸다.

안나는 한술 더 떠 무릎을 꿇고 손을 모았다.

이왕 이렇게 됐으니 로라와 미사키도 무릎을 꿇었다.

"샬롯 씨는 위대합니다."

"샬롯은 세계 최고예요!"

그런 느낌으로 적당히 칭찬했더니,

"그, 그런가요……? 후후, 역시 난 세계 최고예요!"

진심으로 받아들이고 말았다. 정말이지 가벼운 사람이다.

※

"으음~, 다들 아침부터 왜 이렇게 시끄러운 거야."

"베라. 배고파~."

"어라? 또 안나 친구가 온 거야?"

아이들이 일어나 잠옷 바람으로 마당에 나왔다.

건달들이 돌아간 후였기에 나이스 타이밍이었다.

"또 오믈렛을 먹으러 왔어요!"

"삐―."

"뭐야, 그런 거였어. 로라는 먹보였구나."

"우린 가난해서 사양하고 싶은데."

"하지만 또 하쿠랑 놀 수 있는 건 기뻐. 미사키도 만질 거야!"

"또, 또 만지는 겁니까?!"

미사키는 사형 선고를 받은 얼굴로 변했다.

그러나 복슬복슬한 털로 덮인 귀와 꼬리를 가졌으니 어쩔 수 없다.

그것을 만지고 싶어지는 것은 생물의 본능이다.

"자, 다들. 닭장에 가서 달걀을 주워와."

베라가 말하자, 아이들은『예에!』하며 달려갔다.

로라와 미사키도 덩달아『예에!』하며 쫓아갔다.

그러나 샬롯과 안나는 따라오지 않았다.

닭에 관심이 없는 걸까.

오믈렛의 재료인 달걀을 낳아주는 위대한 동물인데 말이다.

감사하는 마음이 부족하다.

발칙한! 요즘 것들은 이렇다니까.

"오오, 이게 닭장입니까? 수인 마을에 있는 것과 별반 다르지 않군요.”

“수인도 닭을 키우나 봐요!”

“달걀은 귀중한 영양원입니다.”

“그럼 당연히 오믈렛도 만들겠네요!”

“오믈렛은 만들지 않습니다.”

“그, 그건 안 되죠! 다음에 수인 마을에 가면 꼭 오믈렛 만드는 법을 알려주세요! 이른바 문명개화예요!”

“그, 그러겠습니다……!”

맛있는 오믈렛만 있으면 인생에서 대부분의 문제는 해결된 거나 다름없다.

이로써 수인들도 더 나은 인생을 살아갈 수 있을 것이다.

로라는 인류를 구원한 기분에 젖어 깊이 끄덕였다.

“로라, 미사키. 오믈렛을 만들려면 달걀을 주워야 해. 도와줘.”

“네~!”

“알겠습니다!”

닭장에는 스무 마리의 닭이 있었다.

빼곡히 깔린 짚 위에 굴러다니는 달걀도 스무 개다.

한 마리당 한 개.

닭들은 거의 하루도 빠짐없이 달걀을 낳는다고 한다. 정말 대단하다.

로라는 매일 오믈렛을 먹는데도 한 번도 달걀을 낳은 적이 없다.

그러나 닭은 보리와 고기 부스러기만 먹는데도 그것을 몸 안에서 달걀로 변신시킨다.

신기한 일이다.

아무 생각 없는 얼굴로『꼬꼬꼬』하고 우는 닭이지만 분명 인간은 이해할 수 없는 사려 깊은 마음을 갖고 있는 것이리라.

"삐—."

로라가 닭에게 고마움을 느끼며 달걀을 줍고 있자니, 머리에서 하쿠가 폴짝 뛰어내렸다.

그러더니 닭 떼에 섞여 닭장을 어슬렁거리기 시작했다.

하쿠도 닭처럼 하얘서 언뜻 봐서는 위화감이 없다.

"다시 말해, 닭은 신수와 동격인 생물이었네요."

"로라에몬 씨. 그 논리는 이상합니다."

"그럴까요? 이렇게 보니, 닭의 걸음걸이는 무척 우아해요. 게다가, 저기. 붉은 볏이 성스러운 느낌을 주고요. 신수까지는 아니더라도 준 신수 정도 자격은 있다고 생각해요."

"네에…… 로라에몬 씨가 그렇게 생각한다면 로라에몬 씨 안에서는 그런 거겠죠."

로라의 생각이 잘 전해지지는 않은 모양이다.

어차피 인간과 수인은 서로를 이해할 수 없다는 걸까.

친구라고 생각했는데 말이다.

로라는 무척 슬퍼졌다.

그러나 오믈렛과 닭과 달걀은 철학이자 예술이다.

이른바 삼위일체.

하루아침에 이해하지 못한다 해도 어쩔 수 없다.

지금부터 찬찬히 시간을 들여 미사키에게도 알려주도록 하자.

"이제 다 주웠니?"

베라가 모두에게 확인하자 아이들이 양손에 든 달걀을 자랑했다.

"난 세 개 주웠어."

"나도 세 개!"

"난 두 개."

베라는 네 개. 미사키는 세 개. 로라는 다섯 개다.

이로써 스무 개 모두 주웠다.

이제 닭에게 감사하면서 오믈렛을 만들어 먹으면 된다.

"하쿠. 이제 돌아가요. 거기 있어도 하쿠는 알을 낳을 수 없어요."

그러나 하쿠는 닭 떼에서 나오려 하지 않았다.

"삐삐삐."

"꼬꼬꼬."

움직임뿐만 아니라 울음소리까지 닮아갔다.

아무래도 닭들이 마음에 쏙 든 모양이다.

© 2017 Riichu

사이가 좋다.

"하쿠는 닭을 공격해서 잡아먹거나 하진 않는 거지?"

베라가 물어왔다.

"하쿠는 그런 짓을 하지 않아요!"

"그럼 잠시 여기서 놀게 두는 게 어때? 나도 닭도 상관없어."

"아아! 그럼 기꺼이! 하쿠, 닭의 오라를 흡수하는 거예요!"

"삐—."

그렇게 해서 닭장에 하쿠를 남겨두고 교회로 돌아왔다.

그리고 베라가 만든 부드럽고 폭신폭신한 오믈렛을 먹었다.

갓 낳은 따끈따끈한 달걀을 써서인지 어제보다 더 맛있었다.

너무 맛있는 나머지 로라는 기절할 뻔했다.

접시를 다 씻고 나서 하쿠를 데리러 갔다.

"자, 하쿠. 이제 그만 돌아가요."

"삐이……."

하쿠는 아쉬운 듯이 울었지만 순순히 로라의 머리 위에 올라탔다. 그리고 돌아갈 때, 닭들에게 앞발을 흔들었다.

로라도 같이 손을 흔들었다.

그리고 베라와 신부에게 정식으로 감사 인사를 한 뒤 귀갓길에 올랐다.

"이야~ 건달들을 쫓아내고 닭을 보고 오믈렛을 먹고. 아직 오전인데 무척 충실한 시간을 보냈어요!"

"즐거웠습니다. 여러분과 있으면 지루할 틈이 없습니다."

"이번에는 샬롯이 전에 없는 대활약을 해줬어."

"후후후, 이게 내 실력이에요."

"삐삐삐."

모두가 즐거운 마음으로 학교로 돌아갔다.

그리고 교문을 지나는 순간, 자기들이 수업과 일을 빼먹고 교회에 갔었다는 사실을 떠올렸다.

당연히 오후는 설교 타임이었다.

※

길드레아 모험가 학교가 있는 팔레온 왕국은 넓은 국토와 안정된 기후로 발달한 대국이다.

그 팔레온 왕국의 서쪽에 위치한 라그드 공국도 풍부한 광물 자원을 보유한 강력한 국가였다.

두 나라는 몇 백 년도 전에 국경선을 둘러싸고 분쟁을 일으킨 적이 있지만 그 후로는 나름대로 좋은 관계를 유지해왔다.

물자와 사람의 왕래는 활발하다.

라그드 공국에는 모험가를 양성하는 교육 기관이 없기 때문에 일부러 팔레온 왕국까지 유학을 오는 자도 있다.

대현자가 학장으로 있는 왕립 길드레아 모험가 학교는 학비가 없는 것이 방침인데 그것은 외국에서 온 학생들에게도 해당된다.

졸업생은 대부분 조국으로 돌아가 모험가가 되기 때문에 팔레온 왕국이 손해를 보는 꼴이다.

그러나 길드레아 모험가 학교 출신은 대부분 조국으로 돌아가도 팔레온 왕국을 제2의 고향처럼 여긴다고 한다.

따라서 길드레아 모험가 학교가 유학생을 받아들이면 받아들일수록 인근 제국에 아군이 늘어간다.

게다가 졸업생은 필연적으로 우수한 모험가다.

그들이 각국에서 활약할 때마다 팔레온 왕국에 대한 세계인들의 인상이 좋아진다.

그것을 생각하면 학교의 운영비는 팔레온 왕국 입장에서는 저렴한 투자라고 할 수 있다.

팔레온 왕국의 거리는 늘 정비되어 있고 치안도 좋기 때문에 자연히 상인들도 모여들었다.

특히 아무런 행사가 없는 날도 큰 거리에 위치한 숙박업소는 사람들로 북적였다.

그리고 왕도 레디온에서 가장 고급 숙소로 알려진 『그랜드 호텔 레디온』에, 풍성한 수염을 기른 중년의 신사가 묵고 있었다.

마치 귀족처럼 기품 있는 옷을 입었지만, 평민이다.

하지만 귀족과 거래할 때가 많다.

그래서 겉모습만이라도 귀족에 가까워지고자 돈을 들였다.

다만 아무리 돈을 들여 꾸며도 난폭함이 겉으로 드러났다.

무도회보다 싸움터가 어울릴 듯한 생김새와 체격이다.

그의 이름은 바트란 아마스트.

라그드 공국에서 가장 평판이 좋은 와인 양조장의 오너다.

그 바트란이 묵고 있는 스위트룸에서 세 건달이 면목 없다는 얼굴로 우뚝 서 있었다.

고아원에 빚 독촉을 했던 그 삼인조다.

바트란은 소파에 앉아 궐련을 피우면서 건달들을 노려봤다.

"네놈들은 머저리냐?"

바트란은 세 건달에게 나직이 그러나 위압적으로 욕설을 퍼부었다.

그 이유는 그들이 빚을 **회수해버렸기** 때문이다.

"하지만 바트란 나리. 교회에는 모험가 학교 학생들이 셋이나 있었던 데다 수인까지 버티고 있었다고요. 그러니 어쩌겠습니까."

"애초에 절대로 돈을 마련하지 못한다는 전제하에 협박한 건데, 돈을 내밀면 들고 돌아오는 수밖에 없지 않겠습니까."

"네 이놈들······."

건달들은 한심한 변명을 늘어놓았다.

그것을 듣고 있던 바트란은 단숨에 폭발했다.

"그래놓고 잘도 무법자 행세를 해왔군그래! 우리나라 같았으면 네놈들 같은 겁쟁이들은 공갈도 못 해!"

그리고는 탁자를 탕 내리쳤다. 튼튼한 대리석으로 만들어진 탁자가 바트란의 주먹 한 방에 두 동강이 났다.

게다가 내리친 곳에는 건달들이 회수해온 금화 보따리가 놓여 있었다.

그것이 쿠션 작용을 했는데도 불구하고 탁자는 더 이상 탁자가 아닌 한낱 대리석 조각으로 변했다.

보따리에는 구멍이 뚫려, 찌그러진 금화가 바닥에 후두두 흩어져 떨어졌다.

그 광경을 본 건달들이 『히익』하고 외마디 비명을 내지르며 몸을 움츠렸다.

바트란은 와인 양조업자지만, 동시에 술집에서 싸움하는 것이 특기였다.

현역 모험가를 상대로 이긴 적도 있다.

다만 와인 제조자로 유명해진 후로는 싸움을 삼가고 있었다.

악명이 퍼져 장사에 지장이 생기면 곤란하기 때문이다.

바트란은 이래 봬도 합법적인 세계에서 살고 있었다.

그러나 지금 이렇게 팔레온 왕국의 건달들을 쓰고 있다.

아직 아슬아슬하게 선은 넘지 않았지만 언젠가는 비합법적인 수단 — 다시 말해 폭력 — 을 쓰겠다는 뜻을 넌지시 내비치며 채권자들의 채권을 사들이고, 지금 당장 돈을 갚지 않으면 교회를 나가라고 교회 사람들을 협박했다.

한없이 검정에 가까운 그레이.

그렇게까지 해서라도 바트란은 교회 녀석들을 쫓아내고 싶었다.

왜냐하면 그 교회에서 만드는 와인이 라그드 공국에서 어마어마한 호평을 받고 있기 때문이다.

그렇다 해도 라그드 공국에 들어오는 물량이 적어 일반적으로는 알려져 있지 않다.

극히 일부의 와인 애호가들 사이에서 유명할 뿐이다.

그러나 그 극히 일부 와인 애호가들이라는 것은 진정한 와인의 맛을 아는 집단이다.

그런 그들이 그 교회 와인을 『지금까지 마셔본 와인 중에서도 최고 수준의 맛』이라며 절찬했다.

작년에는 『적어도 올해의 와인 중에서는 최고』라고 단언했다.

재작년까지만 해도 그해 최고의 와인은 바트란의 와인이 단골로 꼽혔다.

그랬던 것이 작년에 갑자기 나타난 교회 와인이 정상에 오른 것이다.

마음에 들지 않았다. 장사의 걸림돌이었다.

어쨌든 1위와 2위는 가치가 전혀 다르다.

바트란이 일을 게을리 해 와인의 질이 떨어져서 2위로 전락한 거라면 이렇게까지 증오하는 마음이 들지는 않았을 것이다.

그러나 바트란은 와인 제조에 타협 따위 해본 적이 없었다.

그런데도 졌다.

직접 혀로 음미하고 그 사실을 스스로 깨달았다.

바트란의 와인보다 교회의 와인이 더 맛있었다.

그래서 화가 나서 견딜 수 없었다.

어떻게 해야 이길 수 있을지 몰랐다.

그래서 바트란은 이기는 게 아니라 없애기로 마음먹었다.

그러나 채권을 무기로 퇴거를 독촉하는 방법은 아무래도 생각이 짧았던 모양이다.

이렇게 된 이상, 직접적인 수단을 쓸 필요가 있었다.

무슨 수를 써서든 교회의 와인을 없앨 것이었다.

그렇다. 딱히 사람이 교회에서 나갈 필요는 없다.

고아원을 하는 모양이니 쫓아내는 것은 불쌍하다.

요컨대 와인만 만들지 못하게 되면 바트란의 목적은 달성된다.

다만 와인이라는 수입원이 없어지면 어차피 고아원은 문을 닫

아야겠지만.

거기까지 생각한 바트란은 씨익 웃으며 건달들에게 새로운 명령을 내렸다.

※

"오늘은 에밀리아 선생님한테 엄청 혼났어요."

목욕을 하고 동물 잠옷으로 갈아입은 로라는 마찬가지로 동물 잠옷을 입은 샬롯에게 말했다.

"그러게요. 우리는 고아원을 구하려고 애쓴 건데 말이에요."

"삐─."

침대 위에 앉아 자기 전에 수다를 떨었다.

로라와 샬롯은 언제나 이렇게 그날 있었던 일에 대해 수다를 떤 뒤에 잠자리에 들었다.

다만 아무리 모험가 학교가 일반적인 세계와 동떨어진 곳이라고는 해도, 그렇게 매일같이 극적인 일이 일어나는 것은 아니다.

그래서 기본적으로 오믈렛의 맛이라거나 수업 중에 하쿠가 바닥에 떨어진 지우개를 주워주었다거나 잡화점에 새로운 액세서리가 들어온 모양이라거나, 그런 아무래도 좋을 이야기를 하다가 잠이 들었다.

하지만 오늘은 꽤나 강렬한 하루였다.

오전에 건달들을 쫓아낸 일도 그렇고 점심시간이 가까워져서야 슬그머니 교실로 들어갔을 때 에밀리아 선생님이 화를 내는 모습도 굉장했다.

『어딜 갔던 거야! 걱정했잖아!』라고 버럭 호통을 치며 로라와 샬롯의 귀를 늘어날 정도로 쭉 잡아당겼다.

걱정을 끼친 것은 죄송하지만 그렇게까지 잡아당길 필요는 없었다고 생각한다.

조금만 더 세게 잡아당겼으면 귀가 뾰족해질 뻔했다.

대중탕에서 들었지만 안나와 미사키도 역시 꾸중을 들은 모양이다.

무엇보다 안나의 경우에는 머리에 커다란 혹이 나 있었기 때문에 보자마자 알았다.

뭐, 혼나는 건 수업을 빼먹기로 결심했을 때 이미 각오했었다.

어쨌든 정의를 관철하는 것은 무척 어려운 일이라는 것을 로라는 이번 일로 깨달았다.

"자, 이제 자요, 로라. 내일도 지각하면 그때야말로 귀가 늘어날 거예요."

"귀가 아니라 다리를 늘려주면 멋있어질 텐데 말이에요."

그런 이야기를 하고 있자니, 하쿠가 『삐―』하고 울면서 꼬리를 파닥파닥 흔들었다.

아무래도 하쿠는 꼬리를 늘려주길 바라는 모양이다.

상상해보니, 확실히 말끔하고 멋진 스타일이 될지도 모른다.

"하쿠. 꼬리를 나뭇가지 같은 데 걸고 거꾸로 매달려 있으면 늘어날지도 몰라요."

"삐이?"

"로라. 그러면 박쥐처럼 보일 거예요."

"박쥐는 검지만 하쿠는 흰색이니까 괜찮아요."

"그런 문제인가요……?"

그런 문제이리라. 아니, 아닌가?

로라도 잘 알 수 없어졌다.

갈등하고 있자니, 당사자인 하쿠가 이불 위에 몸을 말고 잠들어버렸다.

"자자. 우리도 진짜 자요."

"그래요. 나도 졸리기 시작했어요. 잘 자요, 샬롯."

"네. 잘 자요, 로라."

환기를 위해 열어둔 창문과 커튼을 닫고 이불 속으로 파고들려한 그때다.

어두운 왕도에 불꽃이 보였다.

거리는 상당히 멀다.

그러나 붉은 불꽃과 연기가 또렷하게 보였다.

"샬롯! 불이에요! 불이 났어요! 게다가 저긴, 교회 근처인 거죠?!"

"여기서 봐서는 잘 모르겠지만, 방향은 확실히 교회 쪽이에요!"

방향이 같다고 해서 반드시 교회에 불이 났다고 단정할 수는 없다.

그러나 건물이 많은 왕도에서 이 정도로 불꽃이 또렷하게 보이는 것은 현장이 분명 높은 곳에 있다는 뜻이다.

그리고 그 교회는 언덕 위에 있었다.

거기까지 생각이 미치자, 이미 희망적인 관측을 하고 있을 때가 아니라는 것을 알았다.

"가요, 샬롯!"

"네! 안나도 불러요!"

로라는 하쿠를 품에 안고 침대에서 뛰쳐나갔다.

그때 안나가 문을 쾅 열고 상기된 표정으로 들어왔다.

"불이야! 불!"

안나도 그 불꽃을 본 모양이다.

셋이서 동물 잠옷을 입은 채로 교회로 향했다.

교문을 지날 때 뒤에서 『불이야! 불이야!』 하고 외치는 소리가 들려왔다.

미사키와도 합류해 네 명과 한 마리가 교회로 향했다.

도착했더니, 교회는 화재와는 무관했고 모두 로라 일행의 착각이었다, 라는 전개를 기대했다.

그러나 가까워져감에 따라 그것은 바람에 지나지 않았다는 현실을 직시해야 했다.

언덕이 불타고 있었다.

교회 주위에 펼쳐진 포도밭이 불타고 있었다.

"쯧!"

안나는 입술을 꽉 깨물며, 왕도의 밤하늘에 피어오르는 불꽃을 쳐다봤다.

언덕 주위에는 이미 구경꾼들이 모여 있었다.

그리고 몇몇 마법사가 모여 불길에 물의 화살을 쏘고 있었다.

그러나 로라가 보기에 그것은 분무기 같은 것이었다.

무엇보다 물의 화살은 몬스터의 몸을 꿰뚫는 데는 도움이 되지만, 효과를 미칠 면적이 턱없이 부족하다. 언덕 자체를 깡그리 불태울 것 같은 불길 앞에서는 무력할 뿐이다.

"대기와 대지에 숨은 물이여. 내 마력을 바친다. 따라서 계약이다. 눈앞의 불꽃을 없애라."

샬롯이 구경꾼들을 물리치면서 주문을 외쳤다.

다음 순간, 어른 한 명이 거뜬히 들어갈 만한 물방울이 몇 십 개나 나타나, 언덕을 향해 날아갔다.

이것만으로 샬롯은 근처에 있던 마법사 모두의 역할을 했다고 할 수 있었다.

그러나 불길은 거셌다.

불꽃은 꺼질 기미가 없었다.

따라서 다음은 로라가 나설 차례였다.

"물이여, 세계의 어딘가에 있는 물이여. 내가 시공에 구멍을 뚫을 것이니 여기로 와라. 이것은 명령이다. 그 질량으로 내 앞에 있는 불꽃을 없애버려라."

의식하지 않았는데도 입에서 술술 주문이 흘러나왔다.

여전히 요란한 문구다.

그러나 그걸로 마법이 발동하니 틀린 주문은 아닐 것이다.

때때로 스스로도 마법 적성이 9999라는 사실이 두렵지만 지금은 감사했다.

일단 불을 꺼야 했다.

밤보다 어두운 **구멍**이 언덕 위에 뚫렸다.

그곳에서 엄청난 양의 물이 쏟아져 나왔다.

마치 왕도 상공에 바다가 생기고, 그 바닥이 뚫린 것 같은 물의 양이었다.

"로, 로라, 아무리 그래도 이건……!"

"지나칩니다!"

"빠진다. 꼬르르륵."

"으아!"

"삐이!"

교회와 포도밭을 감싸듯이 떨어진 물은 불꽃을 잠재운 뒤 비탈진 언덕을 타고 내려왔다. 로라는 부랴부랴 수원인 구멍을 없앴지만 한 번 떨어진 물은 사라지지 않았다.

구경꾼도, 불길을 잡으려고 애썼던 마법사들도, 그리고 로라 일행도 홍수에 휘말렸다.

그러나 다행히 왕도는 수로가 많은 도시다.

홍수가 왕도 전역에 피해를 끼치기 전에 수로로 흘러들어 퍼져갔다.

덕분에 언덕 주변에 있던 사람들이 물에 빠질 뻔했을 뿐, 건물은 피해를 입지 않았다.

불도 제대로 껐다.

로라는 집어삼킨 물을 푸우우 하고 토하면서 언덕 위를 바라봤다.

포도밭과 숲은 사라시고 말았지만 교회는 무사해 보였다.

"다들! 계속 엎어져 있을 때가 아니에요! 교호 사람들이 무사한지 확인하러 가요!"

로라의 말에 나머지 일행도 일어나 입에서 푸우우 하고 물을 뿜으면서 언덕을 올라갔다.

도착한 교회 안에는 두려움에 떨고 있는 신부와 베라, 아이들이 있었다.

다시 말해, 모두 무사했다. 최악의 사태는 피했다.

로라, 샬롯, 미사키는 안도의 한숨을 내쉬었다.

안나는 맥이 풀린 듯이 풀썩 주저앉았다. 그리고 교회 식구들에게로 기어가 부둥켜안고 서로의 무사를 확인했다.

피해가 어떻든 목숨은 건졌다.

우선 그것에 기뻐하자.

그리고 로라는 대체 왜 이런 화재가 일어났을까 하고 생각했다.

건달들을 내쫓은 그날 일어난 사건이다.

우연이라고 생각할 만큼 이 자리에 있는 이들은 생각이 짧지 않았다.

※

왕도 전역에서 볼 수 있을 것 같은 큰불이었기에 한밤중에도 불구하고 위병들이 찾아왔다.

하지만 불을 끈 뒤에 온 그들이 할 일은 경위를 묻는 것 정도가 고작이었다.

교회 식구들은 짐작 가는 화재의 원인은 없다고 말했다.

불을 허술하게 다룬 일은 결코 없었다.

애초에 불길은 포도밭에서 퍼져나갔다.

그런 곳에 불씨 같은 게 있을 리 없다.

게다가 불길은 놀라운 기세로 단숨에 교회 주변을 집어삼켰다고 한다.

마치 기름을 뿌린 것처럼.

실제로 로라가 불을 발견했을 때, 갑자기 큰 불꽃이 창문 너머로 보였다.

"누군가가 불을 놓았을 가능성이 높나······. 만약 방화라고 한다면 범인으로 짐작 가는 사람은 없습니까?"

위병의 물음에 신부와 베라는 건달들을 말했다.

아무리 생각해도 그들이 치를 수 있는 금액이 아닌데 채권을 사들인 점.

그것을 빌미로 교회에서 쫓아내려 한 점.

빚을 갚았더니 그날 화재가 일어난 점.

"과언 의심스럽군요······. 알겠습니다. 그 건달들에 대해서 알아보도록 하죠. 어쨌든 모두 무사해서 다행입니다."

위병은 돌아갔다.

불이 꺼지자, 구경꾼들도 진즉 흥미를 잃고 발길을 돌렸다.

로라 일행은 외벽이 검게 그을린 교회 앞에 우뚝 서 있었다.

교회가 석조 건물이었던 덕분에 그 정도 불길에도 안은 멀쩡했다.

다만 로라 일행이 조금만 늦게 도착했어도 불길은 내부까지 닿았을지도 모른다.

어쨌거나 순식간에 불길에 휩싸여 도망치지도, 불을 끄지도 못하는 상황은 상상만 해도 두렵다.

빨리 진화할 수 있어서 천만다행이었다.

"후우…… 어쨌든 목숨을 건진 것만으로도 다행이야. 정말 죽는 줄 알았어……. 다들 한달음에 달려 와줘서 고마워. 하루에 두 번이나 도움을 받았네."

베라는 씩씩하게 웃어 보였지만 목소리는 희미하게 떨리고 있었다.

하지만 품을 파고드는 아이들 앞에서 흐트러진 모습을 보일 수는 없는 것이리라.

"아니에요. 좀 더 빨리 불을 껐다면 포도밭도 잃지 않았을 텐데…… 죄송해요."

"로라. 그건 사과할 일이 아니야. 그리고 포도밭은 정말 순식간에 불타버렸어. 설령 로라가 교회에 있었다 해도 그건 어쩌지 못했어."

"그렇군요……. 하지만 어떻게 이런 일이……."

로라는 교회 식구들에게 무슨 말을 해야 할지 몰랐다.

목숨은 건졌지만 포도밭을 잃은 이상, 올해 와인 제조는 불가능하다.

생활비를 마련할 수단을 잃고 말았다.

"뭘. 사지 멀쩡하니 어떻게든 살아가겠지요. 포도 농사는 처음부터 다시 시작하면 됩니다. 내일부터 먹을 음식은 제가 신자 분들께 기부를 부탁해볼까 합니다. 한심해 보이겠지만, 아이들을 굶길 수야 없으니까요."

신부는 냉정한 투로 말했다.

흐릿한 인상이지만 가장 어른인 만큼 무척 침착하다.

나이는 허투루 먹은 게 아닌 모양이다.

갑자기 의지할 만한 사람처럼 보이기 시작했다.

"신부님. 내가 몬스터를 사냥해서 벌 테니까 걱정하지 마."

"안나. 그러지 않아도 돼요. 돈이라면 이 샬롯 가자드한테 맡겨요!"

"하지만 샬롯한테는 이미 많은 돈을 빌렸어…… 더 이상 폐 끼치고 싶지 않아."

"폐라니 당치 않아요! 오히려 이대로 모르는 척하라고 말하는 게 실례예요! 적어도 포도밭이 살아날 때까지 돕게 해주세요!"

"저도 구내식당에서 식재를 몰래 가져 오겠습니다. 조금 정도라면 들키지 않을 겁니다."

든든한 사람들이다.

그렇다면 와인 수입이 없어도 고아원은 운영할 수 있다.

남은 일은 방화범을 잡는 것인데 그것은 위병이 해줄 터다.

일단 오늘은 마음을 놓고 자도 좋을 것이다.

로라는 자기 일처럼 가슴을 쓸어내렸다.

그러나 문득 중요한 사실을 떠올렸다.

"맞다! 닭들은 어떻게 됐어요?!"

"삐이!"

닭이라는 말을 듣고 로라의 품속에서 꾸벅꾸벅 졸고 있던 하쿠가 얼굴을 들었다.

"그 정도 불이었으니 닭장은 이미……."

베라가 고개를 숙이며 중얼거렸다.

"말도 안 돼요! 그렇게 맛있는 달걀을 낳아줬는데!"

로라는 자기 눈으로 직접 확인하기 위해 한달음에 닭장까지 뛰어갔다.

달걀을 주운 것은 오늘 아침이다.

그때까지만 해도 틀림없이 어엿한 닭장이 있었다.

그러나 같은 장소에 가도 검게 탄 나뭇조각이 나뒹굴고 있을 뿐이었다.

"이, 이럴 수가……!"

"삐―!"

하쿠가 로라의 품속에서 뛰어내려 닭장의 잔해 위에 섰다.

그리고 나뭇조각을 치웠다.

그 밑에서 까맣게 타버린 닭이 나왔다.

물론 움직이지 않았다.

탄내가 났다.

"삐이……."

하쿠는 죽은 닭 앞에서 울었다.

얼마 전 오이세 마을에서 어미의 죽음을 목격했을 때처럼 눈물을 흘렸다.

그 모습을 본 로라는 주먹을 불끈 쥐었다.

이렇게 화가 난 것은 태어나서 처음일지도 모른다.

기필코 범인을 찾아낼 것이다.

"하쿠. 가요. 닭들을 위해서도 울고 있을 때가 아니에요. 악당을 쓰러뜨려야 해요!"

※

한편 그 무렵.

정의감과는 상관없이 분노로 불타오르는 어른 두 명이 있었다.

그녀들은 교회 와인의 은밀한 팬이었다.

매년 11월 중순 무렵에 출하되는 교회 누보는 빠짐없이 구입했고, 몇 년 정도 지나고 나오는 숙성 와인도 좋아했다.

그러나 그 교회의 포도밭이 화재로 불타고 말았다.

듣자 하니 방화인 모양이다.

대체 누가 무슨 이유로?

이유가 무엇이든 범인이 누구든 결코 용서할 수 없었다.

사악한 범인에게 철퇴를 가할 것이었다.

지금, 팔레온 왕국 최대 권력자와 최강 마법사가 일어난다.

즉, 여왕과 대현자였다.

다음 날.

길드레아 모험가 학교에서는 온통 간밤에 일어난 화재 이야기뿐이었다.

보는 눈이 많았기에 소문이 퍼지는 것도 빨랐던 것이리라.

"현장에는 그 파자마레인저가 있었대."

복도를 걷고 있는데 그런 목소리가 들려와, 로라는 하마터면 자빠질 뻔했다.

그러고 보니 경황이 없어서 동물 잠옷 바람으로 교회에 갔었다.

"여자 기숙사에서 동물 잠옷이 유행하고 있나 봐. 파자마레인저 팬인가."

"파자마레인저 덕분에 동물 잠옷 매상이 두 배로 뛰었다고 하니 분명 그런 거겠지."

사실은 파자마레인저 본인이지만 그 사실을 아는 것은 에밀리아와 대현자뿐. 일급비밀이었다.

이윽고 점심시간.

샬롯, 안나와 함께 구내식당에서 밥을 먹고 있는데, 화제 사건은 근거 없는 규모로 변해 들려왔다.

그 내용인즉슨—.

그 교회에서는 고대의 영령을 소환해 싸우게 하는 의식이 치러지고 있고, 파자마레인저도 영령인 모양이다.

마지막까지 싸워 이긴 영령과 그 주인 앞에는 거대한 용이 나타나, 어떤 소원이든 한 가지를 들어준다.

화재는 영령끼리 싸워서 발생한 것으로, 앞으로 싸움은 점점 더 치열해져 갈 것이라고—.

"네가 최후의 승자가 된다면 무슨 소원을 빌 거야?"

"여자애 팬티."

대단히 시시하다.

여자 친구를 만들면 여자애 팬티 정도는 손에 넣을 수 있을 텐데.

분명 영령의 주인이 되어 격전에서 이겨내지 못하면 여자애 팬티도 손에 넣지 못할, 서글픈 인생을 살아가는 것이리라.

자신은 좀 더 의미 있는 인생을 보내고 싶다고, 로라는 오믈렛을 먹으며 생각했다.

"아무튼 샬롯, 안나. 방과 후에 그 건달들을 찾아보려고 하는데 도와주지 않을래요? 그런 극악무도한 짓을 저지른 자들이 멋대로 날뛰고 다니게 둘 수는 없어요!"

"삐—!"

"하쿠도 그렇대요!"

지금 로라와 하쿠의 머릿속은 방화범을 응징하는 것으로 가득 차 있다.

그러기 위해서라면 사흘쯤은 오믈렛을 먹지 않아도 좋다고 생각할 정도다.

"당연히 도와야지. 날 키워준 교회에 불이 났어. 당연히 할 거야."

안나가 힘차게 고개를 끄덕였다.

그 눈동자 속에는 로라와는 비교도 되지 않는 분노가 들끓고 있을 터다.

"나도 같이 찾긴 하겠지만, 그 세 명이 방화범이라는 확신은 없잖아요? 뭐, 관계가 없다고도 생각하지 않지만요."

"관계가 있다면 일단 붙잡아서 실토하게 해야 해요! 고문이에요! 고문!"

"양초를 사두자."

"양초로 고문을 할 수 있어요? 안나?"

로라는 기세 좋게 고문이라고 말했지만 사실 자세한 지식은 없었다.

"촛농을 떨어뜨릴 거야."

"꺄앗! 그런 짓을 당하면 울어버릴 거예요!"

"상대는 악당이야. 자비는 없어."

"안나, 화났군요!"

"그 어느 때보다."

사람에게 촛농을 떨어뜨리는 건 무시무시한 일이지만 확실히 지금은 마음을 독하게 먹을 때다.

그러나 로라가 그런 짓을 하는 것을 부모님이 알면 어떻게 생각할까.

불량해졌다고 우실지도 모른다. 하지만 이것도 정의를 위해서다.

여자는 사람에게 촛농을 떨어뜨려야 할 때가 있다. 그게 지금인 것이다.

아마도…….

"양초 같은 건 그렇다 치고, 이 넓은 왕도에서 어떻게 세 사람을 찾아내죠? 로라한테는 무슨 방법이 있는 거예요?"

"그렇죠…… 그런 악당들은 분명 악당들의 집합소에 있을 거예요. 그곳을 중점적으로 뒤지면 아무리 왕도가 넓다 해도 찾을 수 있을 거예요!"

"그 악당들의 집합소라는 곳이 어딘데요?"

"그건…… 지금부터 알아봐요!"

그러자 샬롯이 어이없다는 듯이 한숨을 쉬었다.

안나도 묘한 표정을 지었다.

"얘기는 들었습니다."

그때 미사키가 나타났다.

손에는 그라탱이 담긴 쟁반을 들고 있었다.

"미사키 씨. 식당 일은 안 해도 되는 거예요?"

"이걸 먹고 나서 설거지를 하러 가야 합니다. 그것보다, 악당들의 집합소는 몰라도, 거친 녀석들이 모이는 곳이라면 알고 있습니다."

"그게 정말이에요?! 왕도에 온 지 얼마 되지도 않았는데 어째서 그런 걸 아는 거예요?!"

로라는 왕도에 온 지 반 년이 다 되어가지만 아직도 어디에 무엇이 있는지 다 파악하지 못했다.

오히려 이렇게 큰 도시는 평생 살아도 전체 모습을 아는 것은 무리일 것이다.

그렇기에 미사키의 말은 놀랍게 다가왔다.

"둔하군요, 로라에몬 씨. 그저께 같이 가지 않았습니까."

"네? 그런 기억은 없는데요……."

"미사키. 거드름 그만 피우고 알려줘."

"맞아요. 그저께라면 나도 같이 있었어요. 거기가 어디예요?"

로라 일행에게 에워싸인 미사키는 그라탱을 우물거리면서 새침한 얼굴로 답했다.

"모험가 길드입니다!"

""""아아…….""""

순간, 세 명 모두 납득했다는 듯이 탄식을 흘렸다.

확실히 모험가 길드는 거친 녀석들이 모이는 곳이다. 더욱이 다양한 정보도 모인다.

물론 로라 일행처럼 품위 있는 모험가도 있지만 싸움을 생업으로 삼다보니 어쩔 수 없이 거칠어지는 모험가도 있다.

그런 거친 모험가라면 진짜 악당을 알지도 모른다.

방과 후 일정은 모험가 길드에서 탐문 수사를 하는 것으로 정해졌다.

※

왕도 레디온의 모험가 길드는 이 층에 술집이 있었다.

술집이라고 해도 술만 파는 것이 아니라 당연히 요리도 판다.

로라는 아직 이용해보지 않았지만 안나에 의하면 싸고 나름대로 맛있는 모양이다.

"거기에 가면 낮이든 밤이든 거의 대부분 기분 좋게 마시는 모험가들이 있어. 기분이 좋으니 우리가 묻는 말에도 대답해줄 거야. 뭣하면 술을 사줘도 돼."

방과 후. 모험가 길드에 가기 전 다시 한 번 구내식당에 모여 작전 회의를 했다.

로라, 샬롯, 안나와 더불어 미사키도 그 주변의 식탁을 닦으면서 회의에 참가했다.

참고로 하쿠는 타박타박 걸어 다니며 미사키가 닦은 곳에 발자국을 남겨서, 로라가 꼭 안고 있기로 했다.

"흐음. 술집에는 정보가 모인다고들 하니까요."

"다만, 개중에는 임무에 실패해서 홧김에 마시는 사람도 있으니까 주의해서 잘 판별해야 해."

"그런 사람한테 말을 걸면 삐딱하게 굴지도 모르니까요……!"

말을 걸 상대를 고르는 것도 중요하지만 묻는 방법도 중요하다.

다짜고짜 『건달 삼인조를 아시나요?』라고 물으면 상대방도 영문을 몰라 난처할 것이다.

다행히 그 세 명은 근육질에 스킨헤드인 남자, 뱀 같은 인상의 호리호리한 남자, 양팔에 문신을 가득 새긴 남자로 특징이 있는 외모였다.

그런 걸 알 것 같은 모험가를 골라 짚이는 사람이 있는지 물어보자.

"아, 길드에 가기 전에 매점에 들리고 싶습니다. 종이와 색연필을 사서 초상화를 그리면 조사도 더욱 원활하게 진행될 겁니다."

식탁을 다 닦은 미사키가 앞치마를 벗으면서 다가왔다.

"초상화요? 후후, 그거라면 이 샬롯 가자드한테 맡기세요."

"샬롯은 그림은 잘 그리나요?"

"네! 어렸을 때부터 어머니한테 자주 칭찬받았어요."

그러자 미사키가 눈을 번뜩였다.

"그럼 승부입니다. 저도 그림에는 자신이 있습니다!"

미사키와 샬롯이 나란히 매점으로 달려갔다. 로라 일행이 구내 식당에서 기다리고 있자, 머지않아 두 사람이 스케치북과 색연필을 들고 돌아왔다.

"그럼 누가 더 건달들을 잘 그리는지 시합하는 겁니다. 심판은 로라에몬 씨와 안나 씨가 봐주세요!"

"나의 예술적인 감성을 보여주겠어요!"

얼떨결에 심사위원이 되어버렸다.

딱히 상관은 없지만 심사위원이 두 명이면 평가가 엇갈렸을 때는 어쩌려는 걸까.

"로라. 두 사람이 그릴 동안 심심하니까 무승부일 때를 대비해서 사다리 타기를 만들자."

"그거 좋은 생각이네요!"

샬롯과 미사키의 색연필 중에서 지금 쓰지 않는 것을 빌려 종이 냅킨에 대강 선을 그었다.

선택지가 두 개뿐인 사다리 타기는 쓸쓸하므로 점점 더 추가해 그려나갔다.

그 결과, 심사위원의 평가가 엇갈렸을 때 결론을 짓는다는 기존의 용도에서 벗어난, 대규모 사다리 타기가 완성되고 말았다.

본말전도지만 무척 즐겁게 만들었으니 됐다고 치자.

샬롯과 미사키는 사다리 타기 대신 가위바위보를 해도 된다.

"다 그렸습니다!"

"나도 완성했어요!"

사다리 타기가 막 완성됐을 때, 두 화가도 작업을 끝마친 모양이었다.

이제 심사에 들어갈 차례다.

"그럼 먼저 금발 분의 지망 동기부터……."

"로라. 그건 면접이고."

안나가 태클을 걸었다.

"아차차. 그렇죠! 그럼 두 사람 동시에 완성한 그림을 보여주세요!"

두 스케치북이 이쪽을 향했다.

그리고 로라와 안나의 시선은 미사키가 그린 초상화에 고정됐다.

거기에는 그야말로 그 세 건달이 있었기 때문이다.

"미사키, 정말 잘 그렸네요!"

"특징을 제대로 살렸어. 참 잘했어요."

"칭찬해주셔서 영광입니다. 옛날부터 그림을 그리는 건 좋아했습니다."

"호오. 수인 마을에도 화구가 있나요?"

"화구까지는 아니지만, 오이세 마을은 수인 마을 중에서도 인간과 교류해온 편이니까요. 필기도구 정도는 있습니다."

"흐음. 그래도 독학으로 그 정도까진 그리는 건 굉장해요! 미사키가 그린 초상화를 채택하겠어요!"

로라와 안나가 짝짝짝 박수를 쳤다.

미사키는 「아니, 그 정도까진…….」하며 쑥스러운 듯이 귀와 꼬리를 흔들었다.

"그리고 샬롯 씨. 오늘은 바쁘신 와중에도 면접에 참가해주셔서 감사드립니다. 이번에는 결과가 아쉽게 되고 말았지만, 앞으로의 샬롯 씨의 활약을 진심으로 기도하겠습니다……."

"뭐, 뭐예요! 그 묘하게 정중한 거절법은!"

"그게, 얼마 전에 도서관에서 빌려 읽은 소설 속에 면접에서 떨어진 주인공 집에 이런 편지가 왔기에 따라 해봤어요."

길드레아 모험가 학교 도서관은 무술과 마법 이론서 외에도 소설과 화집 같은 취미서도 충실하게 갖추고 있었다.

요즘 로라는 거기서 읽기 쉬워 보이는 책을 빌려 기숙사 방에서 읽는 맛을 들였다.

"의외로 쉽게 영향을 받는 타입인 거예요?! 애초에 이건 면접이 아니에요! 적어도 그림에 대한 평가를 해주세요!"

"으음…… 그야 샬롯, 건달 세 명을 그리는 거였는데 왜 하쿠 세 마리를 그린 거예요? 그건 심사 대상 외예요."

"샬롯. 진지하게 해야 해."

두 심사위원이 엄격한 평가를 내렸다.

그러나 샬롯은 전혀 납득할 수 없는 모양이었다.

"하쿠를 그린 적 없어요! 보세요, 어떻게 봐도 건달이잖아요!"

샬롯은 필사적인 표정으로 스케치북을 들이밀었다.

그러나 거기에 그려진 것은 그 건달 셋은커녕 사람으로도 보이지 않았다.

어쩐지 몬스터 같은 실루엣이 그려져 있었다.

"앗, 샬롯 씨. 그건 진심으로 하는 말입니까?"

"장난치는 것처럼 보여요?!"

확실히 샬롯은 더할 나위 없이 진지한 표정이었다.

그것을 깨달은 미사키는 다시 로라를 향해 미간에 주름을 잡으며 말했다.

"……혹시 샬롯 씨는 마음의 병을 앓고 있었던 겁니까?"

"왜 그런 이야기가 되는 거예요? 내가 대체 뭘 어쨌다구요!"

샬롯은 이미 눈물까지 글썽이며 외쳤다.

구내식당에 있던 다른 학생들이 무슨 일인가 하는 얼굴로 이쪽을 쳐다봤다.

창피하니 일단 샬롯을 진정시키자.

"아, 으음, 샬롯, 일단 앉아요. 앉아서 심호흡해요!"

"쓥—하—, 쓥—하—."

"좋아요. 진정한 것 같으니 물을게요. 샬롯은 이 물체가 건달 삼인조라고 주장하는 거죠?"

"그게 아니면 뭐로 보인다는 거예요!"

이건 중증이다.

빨리 손을 써야 한다.

"안나 선생님. 어떻게 보세요?"

"……샬롯. 저 메뉴, 읽을 수 있어?"

안나가 벽에 붙어 있는 구내식당 메뉴를 가리켰다.

"당연하죠. 햄버거, 오믈렛, 비프 슈트, 피자, 그라탱, 페페론치노…… 늘 보던 메뉴잖아요."

"눈에는 이상이 없는 것 같아. 역시 정신이 이상해진 거야……."

진단 결과가 나왔다.

"안나 선생님도 그렇게 생각하시는군요……. 샬롯. 가족에게 연락을 하세요. 입원해야 해요."

"웃기지 마세요!"

"아뇨, 장난치는 게 아니에요. 이건 건달이 아니라 하쿠 세 마리예요. 그렇죠? 하쿠. 하쿠도 저 그림은 하쿠 얼굴처럼 보이죠?"

"삐이."

하쿠가 세차게 고개를 끄덕였다.

"거 봐요. 신수가 그렇다고 말하니 틀림없어요."

"그, 그럴 수가…… 어째서…… 살짝 예술성을 발휘한 것뿐인데……."

샬롯은 하얗게 질려서 의자에 힘없이 무너져 내렸다.

"초상화에 예술성을 나타내려한 것부터가 좀 그렇지만…… 정말 어머니께 잘 그린다고 칭찬받은 적이 있는 거예요?"

"있어요! 마당에 핀 꽃이나 거리 풍경을 스케치하고 있었을 때 『훌륭한 디아블로스구나』라고 칭찬해주셨어요!"

"으음…… 풍경 스케치를 보고 디아블로스라고 했을 때 깨닫자구요."

디아블로스는 B랭크에 지정된 몬스터다.

고대 유적의 지하에 자주 출몰한다고 수업 시간에 배웠다.

"하지만 훌륭하다고 한 건 확실해요…… 확실하나구요…… 흐흑."

급기야 샬롯은 본격적으로 울기 시작했다.

로라 일행은 난감해져서 서로 얼굴을 쳐다보았다.

"내 그림이 그렇게 별로예요? 잘 그린다고 생각하며 살아온 내 인생은 전부 거짓이었던 거예요?!"

"아뇨, 인생이 거짓이라니, 그런 과장은……."

다만 인생은 몰라도 그림 솜씨가 형편없는 것은 확실했다.

문화적 충격을 받을 만큼 형편없었다.

교내 토너먼트 결승전에서 이 그림을 보게 된다면 충격으로 몸이 굳어졌을 거라고 로라가 진지하게 생각할 정도로 괴멸적인 그림 실력이다.

그러나 자존심 센 샬롯에게 사실을 있는 그대로 전한다면 그림 수련을 하겠다고 선언하고 또 몇 주 동안 자취를 감출지도 모른다.

어떻게든 완곡하게 전하자.

"으음, 그러니까, 잘 그렸다, 못 그렸다의 기준은 보는 사람에 따라 달라질 가능성이 있어요……. 하지만 남들 앞에서 그림을 그리는 건 삼가는 게 좋을 것 같아요……. 전혀 알려지지 않은 미지의 문명에서 온 사람으로 오해받을 수도 있으니까요."

로라에게 그것은 부드러운 표현이었다.

그러나 샬롯은 식탁에 얼굴을 묻고 소리 내어 엉엉 울었다.

"로라…… 잔인해. 그렇게 일부러 결정타를 날릴 필요는 없잖아……."

"앗, 전 그럴 생각이 아니었는데…… 샬롯, 미안해요!"

로라는 필사적으로 사과했지만 샬롯은 좀처럼 울음을 그치지 않았다.

그래서 성의를 보이기 위해 샬롯이 바라는 대로 평생 포옹 베개가 되겠다고 하자 그제야 용서해주었다.

오히려 한 번도 본 적 없을 정도로 환한 미소를 지었다.

한편 하쿠는 사람들에게 나쁜 평가를 받은 샬롯의 그림을 신이 나서 감상하고 있었다.

아무래도 자기를 닮은 것이 신수의 예술적 감성을 건드린 모양이다.

그것도 샬롯의 기운을 북돋았다.

"즉, 내 그림은 신이 아니면 이해하기 힘들 정도로 신성하다는 거예요!"

우여곡절이 있었지만 어떻게든 샬롯이 자신감을 되찾아서 한 건은 마무리됐다.

쓸데없이 체력을 낭비했지만 미사키 덕분에 썩 그럴 듯한 초상화도 완성됐다.

이제 모험가 길드로 가서 탐문 수사를 해야 한다.

※

아직 어두워지기 전인데도 모험가 길드의 술집에는 사람들로 가득했다.

해가 지기 전에 임무를 끝마치고 수령한 보수로 한잔 하는 것이리라.

로라는 술을 마셔본 적은 없지만 즐거워 보이는 모험가들을 보니 자기도 빨리 술을 마실 수 있는 나이가 되고 싶다고 생각했다.

한편 구석 자리에서 쓸쓸히 마시는 이도 있었다.

또는 명백히 잔뜩 취해서 「내가 몬스터보다 훨씬 세니까 도망친 거야. 제대로 붙었으면 이길 수 있었는데, 내뺀 몬스터가 잘못이야」라며 꼬인 혀로 푸념하는 자도 있었다.

그들은 분명 오늘 벌이가 만족스럽지 못했던 것이 틀림없다.

가까이 가지 않도록 하자.

괜히 엮였다가는 기분을 해친 샬롯이 상대를 때려눕힐지도 모른다.

그것은 서로에게 불행한 일이다.

"건달들을 잘 알 것 같은 사람을 골라 봐요."

"솔직히 모두 거칠어 보입니다."

"그럼 대충 고르자."

"저기 있는 분들이 가장 분위기가 좋아 보여요. 장비나 구성원으로 볼 때 실력자들이에요. 분명 정보도 많이 알 거예요."

샬롯의 시선이 가리킨 곳에 긴 탁자 하나를 차지하고 한 상 푸짐하게 차려진 요리와 맥주를 즐기고 있는 집단이 있었다.

딱히 목표도 없으니 그들에게 물어보자.

"저어…… 안녕하세요."

"즐거운 시간을 보내시는데 죄송해요. 뭘 좀 물어보고 싶은 게 있어서요."

로라와 샬롯이 말을 걸자, 그들은 알코올에 취해 벌게진 얼굴을 하고 쳐다봤다.

"으응? 꼬마 아가씨들, 어쩐 일이야? 우리한테 묻고 싶은 게 있다고?"

"그건 길드레아 모험가 학교 교복이군. 혹시 졸업하면 우리 『진홍의 방패』에 들어오고 싶다고 하려고?"

진홍의 방패.

로라는 어디선가 들어본 이름이라며 잠시 고민했지만 곧바로 기억해냈다.

왕도 부근에서는 최고의 실력과 지명도를 자랑하는 강력한 모험가 파티다.

그러나 그런 강력한 파티도 리바이어던을 만나 전멸할 뻔했던 적이 있다.

그때 로라, 샬롯, 안나 세 사람은 동물 잠옷으로 정체를 숨기고 진홍의 방패를 구했었다.

"크하하! 모험가 학교를 졸업한 정도로는 진홍의 방패에는 들어

올 수 없어. 우선은 의뢰를 받아서 실적을 쌓아야 해!"

"맞아, 맞아…… 아니, 잠깐. 이 애들, 어디서 본 적이 있는 것 같은데……."

"앗, 파자마레인저—."

그들 중 한 명이 큰 소리로 말하려 했기에 로라는 황급히 그 입을 틀어막았다.

"우우웁."

"우리는 파자마레인저가 아니에요. 아시겠죠? 파자마레인저는 마침 지나가던 동물 삼인조예요. 우린 인간이고 삼인조도 아니에요. 아셨어요?"

로라가 그렇게 말하자 그들은 일제히 끄덕였다.

이해해줘서 다행이었다.

사람과 사람이 서로를 이해하는 것은 굉장히 멋진 일이다.

그러니 그렇게 겁에 질린 얼굴은 하지 말아줬으면 한다.

로라는 그저 물어보고 싶었던 것뿐이다.

"이 건달 삼인조를 찾고 있습니다. 짐작 가는 것이 있다면 알려주세요. 아니면 이런 건달들이 있을 법한 곳에 대한 정보라도 좋습니다."

미사키가 진홍의 방패에게 초상화를 보여줬다.

그들은 각자 돌려보며 초상화를 확인했다.

"건달이라⋯⋯ 뭐, 모험가도 건달이나 비슷하지만, 소위 무법자로 불리는 부류라면, 모일 곳은 한정되지."

"몇 곳을 알긴 하지만 아이가 갈 곳이 아니야⋯⋯ 아니, 파자마 레인저라면 괜찮으려나."

"아니에요. 파자마레인저가 아니에요."

로라가 단언했다.

"그래⋯⋯ 그럼 가르쳐줄 수 없지."

"⋯⋯하지만 한없이 파자마레인저에 가까운 부분도 있으니 괜찮아요."

로라는 타협했다.

바로 그때, 진홍의 방패 중 한 명이 초상화를 보더니 외쳤다.

"앗, 나 이 녀석들을 본 적이 있는 것 같아."

"정말이세요? 거기가 어딘데요? 숨기면 재미없을 거예요!"

"그, 그렇게 협박하지 마. 무서운 애네⋯⋯. 알려줄게. 하지만 진짜 애들이 갈 만한 곳이 못 돼. 뒷일은 스스로 책임지는 거다. 그리고 내기 알려줬다는 말은 아무한테도 하지 마."

"말 안 해요. 하지만 그런 약속을 하게 하는 건 상당히 위험한 장소라는 거예요?"

로라가 묻자 그는 눈을 피했다.

"아니⋯⋯ 위험하다기보다⋯⋯ 민망한 곳이야."

민망한 곳이라고 말해도 로라는 와닿지 않았다.

다른 일행도 마찬가지인 듯 다 같이 고개를 갸웃했다.

그러나 알려준 곳에 도착했을 때, 로라 일행은 낯이 뜨거워졌다.

그렇다. 그곳은 환락가였다.

※

이미 완연한 밤이었다.

아무리 왕도 레디온이 경기가 좋은 도시라고 해도, 일반 시민은 양초나 기름을 무한정 쓸 수 있을 만큼 생활이 풍족하지 않았다.

어두워지면 곧바로 잠자리에 드는 자도 있고, 희미한 불빛에 의지해 계속 활동하는 자도 있었다.

또는 음식점 따위의 불빛을 보고 모여들어 사소한 잔치를 벌이는 자도 있다.

그리고 로라 일행이 응시한 곳은 잔치가 한창인 곳이었다.

색 유리로 만들어진 램프가 요염한 빛을 뿜고 있어 왕도의 다른 곳과는 이질적인 분위기를 만들어내고 있었다.

색이 들어간 램프는 가게의 간판이 되어 다양한 가게의 이름을 어두운 밤거리에 수놓았다.

오직 밤에만 나타나는 현란한 차이다.

골목 곳곳에서 점원이 호객을 하거나 거의 속옷이나 다름없는 옷을 입은 여성이 남자를 유혹했다.

밖에서 보는 풍경이 이 정도이니 가게 안에서 어떤 저속한 짓이 벌어지고 있을지, 로라의 상상력으로는 짐작도 할 수 없었다.

그러나 아이가 가까이 해서는 안 된다는 것만은 알 수 있었다.

"이, 이게 소문으로만 듣던 환락가…… 상상했던 것보다 훨씬 굉장해요…… 어떡하죠……!"

로라 일행은 아까부터 환락가 입구에서 조금 떨어진 곳에서 그곳을 지켜보고 있었다.

좀처럼 발을 뗄 용기가 나지 않았다.

"로라, 소문으로 들은 적이 있어요?"

"네…… 지금보다 더 어렸을 때, 아버지가 환락가에 갔었다 안 갔었다로 어머니와 싸우는 걸 본 적이 있어요. 하지만 설마 이런 곳이었다니……!"

"나도 실제로 보는 건 처음이야."

"저, 저렇게 얇은 옷차림의 여성이 남성에게 말을 걸고…… 가세로 같이 들어갔어요! 로라, 보면 안 돼요. 교육적으로 나빠요!"

"아잇! 뭐 하는 거예요, 샬롯. 앞이 안 보여요!"

"인간은 음흉한 동물이군요! 음흉해요!"

"미사키가 흥분했어."

"흐, 흥분하지 않았습니다!"

"하지만 꼬리랑 귀가 실룩거려."

"하우웃!"

어째선지 미사키가 당황한 목소리를 냈다.

그러나 로라는 샬롯이 눈을 가리고 있어 보이지 않았다.

눈앞에 있는 것이 건전하지 못한 것이라 해도 그 또한 인생이다.

도망치기만 해서는 안 된다.

그래서 로라는 샬롯의 팔을 잡고 휙 뿌리쳤다.

"아아, 로라. 안 돼요. 더럽혀질 거예요."

"아니에요! 과보호도 옳지 않아요, 샬롯. 난 이 현실과도 싸워 나갈 거예요!"

"우우, 로라…… 어른의 계단을 오르려는 거네요……. 언제까지나 순수한 모습으로 있어주길 바랐어요……."

그건 무리다. 모든 아이는 언젠가 어른이 되고 만다. 시간의 흐름은 누구도 막을 수 없다.

"그러니 다들. 각오하고 출동해요!"

주위에서 「응!」, 「삐—」 같은 외침이 들렸다.

로라 일행은 거침없이 환락가를 향해 나아갔다.

이렇게나 사람이 많은 것이다.

태연한 얼굴을 하고 있으면 분명 아무도 신경 쓰지 않을 것이

다. ……그렇게 바랐지만 자연히 이목이 쏠렸다.

왜일까. 역시 교복 차림이 걸림돌이었을까.

다른 멤버들은 몰라도 아직 아홉 살인 로라는 역시 용납되지 않을지도 모른다.

샬롯과 미사키 같은 연장자에게 맡기고 집을 지키고 있어야 했다.

그렇게 후회했을 때는 이미 환락가 안이었다. 모든 것이 늦은 뒤였다. 로라는 이미 더럽혀졌다.

이미 벌어진 일이니 끝까지 관철하자는 정신으로 이 시선을 뚫고 나가자!

"그, 그건 그렇고 이 환락가에서 그 건달들을 봤다는 얘기는 들었지만 구체적으로 어디에 있는 걸까요. 아니, 아직 있기나 한 걸까요?"

"글쎄요……. 그건 모르겠어요. 하지만 다른 뚜렷한 단서도 없으니까요."

"이미 이 상황이 괴로워. 얼굴이 뜨거워서 터질 것 같아."

"이렇게 주목을 받는 건 역시 제가 수인이라서입니까?"

"아뇨, 그런 건 상관없다고 생각해요!"

어쨌든 주변에는 바니걸 모습을 한 여성과 고양이 귀를 붙인 메이드가 있다.

여우 귀를 한 수인 한 명이 섞여든다 해도 그것 자체로는 아무도 신경 쓰지 않을 터다.

역시 문제는 교복 차림의 아이들이 집단으로 어슬렁거리고 있는 상황이다.

적어도 사복을 입고 오든지 종이봉투로 얼굴을 가리든지 키를 속이든지 미리 대책을 세웠어야 했다.

초상화와 양초를 준비할 때가 아니었다.

"돌아다닌다고 문제가 해결되는 건 아니에요. 부끄러울 뿐이에요. 어디 들어가기 쉬워 보이는 가게에 들어가서 그 초상화로 건달들을 찾아요!"

"하지만…… 들어가기 쉬워 보이는 가게 같은 게 있습니까……?"

"……없지만, **비교적** 들어가기 쉬워 보이는 가게라면 있을 거예요!"

비교적이라는 말은 편리한 단어다.

실제로는 몹쓸 것이라도 더욱 몹쓸 것을 옆에 놓으면 비교적 괜찮아 보인다.

이런 말을 계속 쓰면 언젠가 자기가 몹쓸 인간이 될까 봐 로라는 덜컥 겁이 났다.

그리고 이런 상황에 빠진 시점에 이미 상당히 타락했다라는 현실은 머릿속에서 지워야만 한다.

모든 것은 정의를 위해서다.

여기서 도망치면 죽은 닭이 성불하지 못하고, 오는 길에 잡화점에서 산 양초가 무용지물이 된다.

"저기로 해요! 저 가게는 호객 행위를 하지 않아요. 비교적 건전한 가게예요!"

"어디든 좋으니 들어가자. 더는 걷고 싶지 않아."

"죄다 음흉합니다!"

로라가 고른 가게 앞에는 호객을 하는 남자도 반라의 여성도 없었다.

색이 들어간 램프의 빛도 절제되어 있고 외관은 차분한 색깔의 벽돌로 되어 있었다.

오히려 근사할 정도였다.

로라 일행은 있는 힘껏 얍 하고 문을 열었다.

"어서옵…… 잉?"

그곳은 바였다.

로라는 바에 가본 적은 없지만 카운터가 있고 수염을 기른 주인이 있고 안쪽에는 테이블석이 있고 어쩐지 멋을 부린 느낌이 나는 것으로 보아 바가 틀림없었다.

"꼬마 아가씨들. 이런 시간에 이런 곳엔 어쩐 일이야? 여긴 아이들이 올 만한 곳이 아니야. 얼른 돌아가거라."

"아뇨, 저기, 저희는 사람을 찾고 있어요……. 초상화를 그려왔는데……."

"이겁니다."

미사키가 주인장에게 초상화를 보여줬다.

그러자 주인장은 그것을 곰곰이 들여다보더니, 가게 안쪽을 힐끗 쳐다봤다.

그러나 이내 고개를 저으며 어깨를 움츠렸다.

"모르겠는데. 자, 다른 손님들한테 방해되니까 돌아가, 돌아가. 아니면 술을 마시고 갈 테냐? 돈만 확실히 낸다면 환영이다."

"아뇨, 술은 좀……."

덧붙여 말하자면 돈도 별로 갖고 있지 않다.

샬롯이라면 있을지도 모르지만 어차피 음주는 금지다.

애당초 아이가 이런 곳에서 사람을 찾는 것 자체가 잘못됐다.

역시 목마를 타고 코트를 걸쳐 키를 속여서 다시 오는 수밖에 없다.

"잠시 기다려."

로라가 포기하려 했을 때, 안나가 완강히 말했다.

"초상화를 보여줬을 때, 이지씨는 가게 안쪽을 봤어. 다시 말해, 저 안에 뭔가가 있다는 거지."

"오오, 안나! 명탐정이에요!"

"어이, 어이. 갑자기 무슨 소리야. 난 손님이 불편한 표정을 짓는지 확인한 것뿐이다. 가게에 어울리지 않는 녀석들이 들어오면 단골들이 불쾌해한다고."

"하지만 카운터에서 보이는 범위 내에 사람은 없어."

"아아, 그렇지. 하지만 평소에는 이것보다는 사람이 많아. 버릇처럼 본 거야. 그게 다다."

"흐음…… 그래도 만에 하나를 위해서 안쪽을 보여줘."

안나가 가게 안쪽으로 들어가려 했다.

그 순간, 주인의 표정이 분노로 물들었다.

"어이, 애송이! 좋게 대해줬더니 끝도 없이 기어오르는군! 모험가 학교에 다닌다고 눈에 뵈는 게 없는 거냐!"

지금까지는 온화하게 대해줬지만 지금부터는 그냥은 끝나지 않을 거라는 분위기다.

아마도 정말 그 건달들이 있는 것이리라.

그러나 이 바는 죄가 없으므로 강제로 밀고 들어가는 것도 미안하다.

"안나, 일단 돌아가요."

"하지만……."

"본가에 불을 지른 녀석들이 안에 있을지도 모르니 초조해하는 것도 이해해요. 하지만 여기서 소동을 일으키는 건 곤란해요."

로라의 설득에 안나는 수긍했다.

"……알았어. 그럼 가게 앞에서 잠복할 거야."

그러자 그때 주인이 놀란 얼굴로 물어왔다.

"어이, 잠깐. 본가에 불을 지른 녀석들? 그건 무슨 말이냐?"

"이 초상화에 그려진 세 사람이 그 교회에 불을 지른 범인일지도 몰라요. 그리고 여기 안나는 교회의 고아원에서 자랐고요!"

"그, 그런 거였냐……. 혹시 네가 13년 전 성문 앞에서 거둬졌다는 애냐?"

"……그런데."

"크윽, 눈물 나는구만! 좋아, 들어가! 녀석들은 안쪽 개인 룸에 있다. 이 가게에는 방화범 따위에게 줄 술은 없어!"

주인은 울면서 가게 안쪽을 가리켰다.

의외로 좋은 사람이 모양이다.

로라 일행은 주인에게 고맙다고 말한 뒤 개인 룸의 문손잡이를 잡았다.

자, 심판의 시간이다!

※

건달 삼인조는 로라 일행이 코앞까지 와 있는 것도 알지 못한 채 태평하게 술을 마시고 있었다.

교회의 포도밭을 태우는 임무를 완수하고 바트란에게 돈을 받은 것이다.

그 돈은 부자에게는 푼돈이겠지만, 주민을 상대로 공갈을 하는 것이 유일한 능력인 사람들에게는 큰돈이었다.

앞으로 한 달은 여자를 옆에 끼고 호화롭게 즐길 수 있었다.

한 달 후에는 무일푼이 된다는 문제도 있었지만 그것은 무시하기로 했다.

적어도 바트란에게 받은 돈을 밑천 삼아 더욱 돈을 불릴 생각은 없었다.

그래서 뒷일은 생각하지 않고 이렇게 바의 개인 룸에서 접대부를 한 사람당 두 명씩 끼고서 값비싼 위스키와 브랜디를 잔뜩 마실 수 있었다.

탐욕스러운 데 비해 여자와 술 외에는 돈을 쓰는 곳을 몰랐기에 현재 그들은 행복의 절정을 맛보고 있었다.

"어떠냐, 이것들아. 우리가 마시는 게!"

"어이, 요것들아. 이런 술집 접대부는 때려치우고 우리 여자가 돼라."

"형님의 여자가 되면 팔자 피는 거야!"

그런 건달들의 허세에 접대부들은 「어머, 남자다워!」라며 적당히 응대했다.

당연히 진심은 아니었지만 잔뜩 취한 건달 세 명은 눈치채지 못했다.

설사 눈치챘다 해도 건달들도 진심이 아니었기에 문제될 것은 없었다.

어쨌든 지금이 좋으면 그걸로 된 거였다.

그러나 그 행복도 오래가지 않았다.

개인 룸의 문이 벌컥 열리고, 모험가 학교의 학생 세 명과 수인 한 명, 드래곤 새끼 한 마리가 들어왔기 때문이다.

"어, 어이, 너희들 뭐야!"

접대부가 그녀들을 보고 놀라 소리쳤다.

그렇다. 놀랐을 뿐이다.

세 건달처럼 두려운 나머지 하얗게 질리는 일은 없었다.

"어어어어, 어떻게 너희가 여기에 있는 거냐!!"

이 네 명의 소녀는 괴물이다.

귀여운 외모지만 교회 앞에서 마신과도 같은 파괴력을 선보였다.

인간이 싸워서 이길 수 있는 상대가 아니었다.

그러나 개인 룸의 문은 하나뿐이고, 창문은 작아서 도망칠 수도 없었다.

"역시 여기 있었군요! 여러 가지로 물어볼 것들이 있는데 여기서는 만족스러운 고문을 할 수 없으니 같이 가줘야겠어요! 에잇!"

그렇게 말하며 가장 작은 소녀가 문신을 한 건달에게 퍽 하고 주먹을 날렸다.

건달 A가 기절했다!

접대부들이 비명을 내질렀지만 소녀는 상관하지 않고 뱀처럼 생긴 건달을 마구 때렸다.

건달 B가 기절했다!

"그만…… 제발 그만해!"

마지막으로 남은 스킨헤드 건달이 자기보다 한참 어린 소녀에게 무릎을 꿇고 애원했다.

그러나.

"안 돼요!"

건달 C가 기절했다!

※

세 건달을 때려눕혀 기절시킨 로라 일행은 그들을 업어 교회의 지하실로 옮겼다.

그리고 그들의 겉옷을 벗긴 다음 밧줄로 꽁꽁 묶어 도롱이벌레처럼 천장에 매달았다.

로라 일행은 불을 붙인 양초를 하나씩 손에 들고, 머리에 종이 봉투를 뒤집어썼다…….

그렇다. 이곳은 비밀 결사 종이봉투단의 본거지다.

지금부터 세 건달을 산 제물 삼아 잔혹한 의식을 치를 것이었다.

"자, 눈을 뜨세요!"

로라가 외치며 건달들의 등에 촛농을 떨어뜨렸다.

"""끄아아앗!"""

건달들은 돼지 멱을 따는 비명을 내지르며 번쩍 눈을 떴다.

그리고 종이봉투를 뒤집어쓰고 양초를 든 이쪽의 모습을 보고, 다시 비명을 내질렀다.

"종이봉투?! 여, 여긴 어디냐, 이것들아!! 우리는 왜 묶여 있는…… 앗, 양초?! 우왓, 아뜨! 그만둬! 아 뜨거!"

"뉘우치세요! 뉘우치세요!"

로라는 적당한 말을 하며 양초를 휘둘렀다.

그 모습을 본 건달들은 꽥꽥 소리를 질러댔지만, 밧줄로 묶여 있어 옴짝달싹 할 수 없었다.

불쌍하지만, 그들의 죄를 씻기 위해서다.

로라는 비밀 결사 종이봉투단 수장으로서의 의무를 다하기 위해 눈물을 삼키며 촛농을 떨어뜨렸다.

"잠깐, 로라. 목적이 바뀌었어. 우리는 딱히 건달들은 뉘우치게 하려고 움직인 게 아니야."

안나가 불쑥 말했다.

"그, 그랬어요……! 그래서, 뭘 어떻게 하면 됐던 거죠?"

"교회의 채권을 사들일 돈이 어디서 나왔는지. 왜 포도밭에 불을 지른 건지. 배후가 있는지. 그런 걸 묻기 위해서였지."

"그렇군요! 그러니 자백하세요들!"

"""아뜨! 아뜨!"""

아무리 촛농을 떨어뜨려도 건달들은 아뜨, 아뜨를 되풀이할 뿐이었다.

질긴 녀석들이다.

화력이 부족한 걸까?

그렇다면 하쿠의 불꽃으로 성대하게―.

"로라. 그렇게 촛농을 계속 떨어뜨리면 이 녀석들도 대답하기 힘들어요. 일단 멈추세요."

"앗! 그건 미처 생각하지 못했어요. 샬롯, 혹시 고문을 잘 아는 거예요? 무서워요!"

"무서운 건 로라예요……. 그래서 당신들. 배후가 누구죠? 솔직히 말하면 목숨만은 살려주겠어요."

"배, 배후우우? 무슨 소리인지 모르겠네……. 애당초 우리가 포도밭 화재와 관계됐다는 증거라도 있냐? 이것들아!"

"조용!"

"""아뜨뜨뜨뜨뜨!"""

다 큰 어른이 촛농 때문에 몸부림치는 모습은 가련하다.

자기가 했을 때는 몰랐지만 옆에서 보고 있자니 터무니없이 잔혹하다.

이런 짓을 태연하게 해내는 샬롯은 인간의 마음을 잃은 것이 틀림없다.

"우우……. 샬롯이 무시무시한 고문관으로 변했어요……!"

"로라보다는 조절하고 있어요! 그래서, 얘기할 마음이 생겼나요?"

"아, 안 돼……. 말했다간 그 사람이 우릴 죽일 거라고, 이것들아……!"

"맞아……. 그 사람은 뒤끝 있는 타입이라고, 요것들아!"

"하지만 형님, 이래나 저래나 죽을 것 같은데요……."

아무래도 아직 촛농이 부족했던 모양이다.

그래서 로라 일행은 넷이서 힘을 합쳐 촛농을 떨어뜨렸다.

교회 지하실에 건달들의 비명이 울려 퍼졌다.

"닭들은 더 뜨거웠을 거예요! 자, 당신들이 불을 질렀다고 솔직하게 말해요!"

""""으아아아악!""""

그것은 몹시 비통한 절규였다.

그러나 점점 목소리의 색깔이 달라졌다.

어쩐지 즐기는 듯한…… 아니다. 이렇게 뜨거운 촛농을 맞고 좋아할 리가 없다. 그렇게 생각을 고친 로라는 다시 양초를 힘껏 휘둘렀다.

그러자—.

"아아…… 뭐지, 이건……. 피부가 아니라 뼛속이 뜨겁다고, 이것들아……!"

"알 수 없는 감정이 솟구친다고, 요것들아……. 크윽, 센 척도 못 하겠어……!"

"형님……. 저, 눈떠버릴 것 같습니다! 눈떠버릴 것 같아요!"

건달들은 이미 황홀한 표정으로 변해 있었다.

이건 의심할 여지가 없다.

양초가 역효과를 불러 일으켰다!

"이, 이 사람들, 어째서 이런 짓을 당하고 좋아하는 거예요!"

"이게 말로만 듣던 변태…… 처음 봤어……."

"부, 불결해요!"

"인간은 음흉하군요! 음흉해요!"

로라, 안나, 샬롯은 벽까지 뒷걸음질 쳤다.

오직 미사키가 신기하다는 표정으로 건달들을 쳐다보며 꼬리를 흔들었다.

수인에게 변태는 그렇게 신기한 존재일까.

로라는 변태를 본 것은 처음이었지만, 그다지 한 공간 안에 있고 싶지 않은 부류라는 것을 한순간에 깨달았다.

"너, 너희가 우리를 눈뜨게 했다고. 이것들아……!"

"맞아……. 그러니까 책임지고 끝까지…… 해라, 요것들아!"

"형님…… 여자애가 촛농을 떨어뜨리는 건 최고예요……."

이건 중증이다.

확실히 로라 일행 때문에 변태가 된 건지도 모르지만, 변태는 변태다.

"흐아악…… 이건 이미 종이봉투단의 능력 밖의 일이에요!"

"일단 여기서 도망치자."

"자, 미사키 씨! 당신도 이리 오세요! 뭘 멍하니 보고 있는 거예요!!"

"그, 그게, 후학을 위해 조금 더 관찰하고자……."

샬롯은 이상한 말을 중얼거리는 미사키의 팔을 잡아당기며 지하실에서 탈출하려 했다.

로라와 안나도 그 뒤를 따랐다.

종이봉투단이 패배였다.

그리고 다음 한 수가 떠오르지 않았다.

대체 어쩌면 좋을까.

지하실에서 일 층으로 올라온 로라가 그런 고민을 하고 있자니, 놀랍게도 그곳에 대현자가 나타났다.

아니, 대현자뿐만 아니라 여왕까지 있는 게 아닌가.

과연 어떻게 된 일일까.

설마 대현자와 여왕도 변태에 관심이 있는 걸까.

종이봉투단의 단원들은 영문을 몰라 고개를 갸웃할 뿐이었다.

※

"역시 여기 있었네. 너희가 요란하게 움직인 덕분에 목격 정보를 쉽게 얻을 수 있었어."

"고생 많았구나. 뒷일은 우리한테 맡겨."

대현자와 여왕은 일 층 복도에 우뚝 서서 로라 일행을 기다리고 있었다.

그 표정은 의욕으로 넘쳐흘렀다.

무엇을 하려는 건지는 정확하지 않지만 어쨌든 기세는 충분했다.

"으음, 학장님과 여왕 폐하가 어째서 여기에 있어요……?"

"그야 물론 너희가 끌고 온 건달한테 볼일이 있으니까. 그 지하실에 있니?"

대현자는 로라 일행의 뒤에 있는 계단을 눈으로 가리켰다.

"있기는 있지만…… 그게, 문제가 생겼어요…….'

"문제? 너희가 문제라고 할 만한 일이 뭘까?"

"그게 그러니까…… 심문을 하려고 건달들을 묶어서 등에 촛농을 떨어뜨렸는데…… 도중에 이렇게, 눈떴다고 해야 하나요? 변태가 되어버렸어요!"

"너희가 변태에 눈떴다고?!"

대현자가 드물게 눈을 부릅뜨고 당황해서 외쳤다.

로라 일행도 허둥지둥 고개를 저으며 부정했다.

"우리가 아니라 건달들이요!"

"아아, 다행이다……. 그건 안 돼, 너희들. 남자를 지하실에 가두고 종이봉투를 뒤집어쓰고 촛농을 떨어뜨리다니. 변태라고 오해받아도 변명하기 어려워."

"그런가요……?"

로라에게 그런 마음은 추호도 없었다.

그저 포도밭을 불태우고 닭들의 생명을 앗아간 그들을 용서할 수 없었을 뿐이다.

그러나 샬롯과 안나를 봤더니 얼굴이 빨개져 있었다. 특히 샬롯은 덜덜 떨기까지 했다.

"곰곰이 생각하니 말도 안 되는 짓을 했어. 그 자리의 기세라는 건 무서운 거군."

"나 샬롯 가자드가…… 가자드 가문의 장녀로서 해서는 안 될 짓을 했어요……!"

그런 모양이다.

한편 미사키도 얼굴이 빨개지긴 빨개졌지만 표정은 어딘가 즐거워 보였다.

귀와 꼬리를 파닥거리며 「음흉하군요, 음흉해요」라고 중얼거렸다.

잘 모르겠지만 가둬놓고 촛농을 떨어뜨리는 것은 음흉한 짓인 모양이다.

음흉한 것은 부끄러우니 주의해야 한다.

로라는 또 하나를 배웠다.

"하쿠도 배웠어요? 가둬놓고 촛농을 떨어뜨리는 건 음흉한 짓이에요."

"삐이?"

하쿠는 관심이 없는 모양이다.

하긴 신수와는 상관없는 이야기리라.

"어쨌든! 심문이나 고문 같은 야만적인 행위는 어른한테 맡겨. 자, 물러나, 물러나."

"성보를 쉬어짜 내야겠군."

계단을 내려가는 대현자를 여왕이 뒤쫓았다.

두 사람이 시야에서 사라진 후, 로라는 작게 중얼거렸다.

"어른들한테 맡기라고 해도……."

"여왕 폐하는 어른처럼은 보이지 않아요……."

샬롯이 이어 말했다.

물론 에멜린 그레타 팔레온 여왕은 어엿한 어른이다.

광활한 팔레온 왕국을 큰 과오 없이 다스리며, 대현자 같은 별종도 그럭저럭 제어하고 있는 뛰어난 위정자다.

그러나 그 모습은 대현자의 장난에 놀아나 어린 소녀로 변해버렸다.

아홉 살인 로라보다 작을 정도다.

그런 사람이 어른인 척을 하면 고개를 갸웃하게 된다.

"저기, 다들……."

대현자와 여왕이 지하실로 사라졌을 때, 복도 안쪽에서 소곤거리는 소리가 났다.

돌아보니, 잠옷 바람인 베라가 문 너머로 얼굴을 반쯤 내밀고 이쪽을 보고 있었다.

"아까 그 사람들이 갑자기 찾아왔는데……. 그 은발 머리를 한 사람은 대현자님이시지……? 왜 이런 교회에 오신 거야? 그 어린 애도 귀족처럼 보이고……. 평화로웠던 교회가 요즘 들어 갑자기 소란스러워졌어……."

베라는 거의 울상이 되어 중얼거렸다.

그러자 안나가 베라에게로 달려가 뚝 뚝 하며 머리를 쓰다듬어 주었다.

"흐흑, 고마워, 안나. 넌 종이봉투를 쓰고 있어도 다정하구나."

"종이봉투 안에 상냥함이 채워져 있어."

"다행이야……. 너희가 그 건달들을 끌고 와서 종이봉투를 쓴 채로 밧줄로 꽁꽁 묶어 지하실로 데리고 갔을 때는 무슨 일인가 했는데…… 안나는 변함없이 안나였어!"

"……이제 이런 짓은 안 해."

안나와 베라를 보고, 로라는 옛날 일을 떠올렸다.

그것은 분명 네 살 무렵.

부모님의 피를 강하게 물려받은 로라는 쓸데없이 강인한 체력을 주체하지 못하고 숲으로 들어갔다.

당연하게도 길을 잃어 밤이 깊어져서도 집으로 돌아갈 수가 없었다.

로라는 무서워서 흐느껴 울었다.

그때, 그 울음소리를 듣고 부모님이 로라를 발견했다.

로라를 무사히 발견한 부모님도 울고 있었다.

그리고 로라는 다시는 혼자서 멀리 나가지 않겠다고 다짐했다.

아마도 지금 안나와 베라가 하고 있는 것도 그것과 비슷한 것이다.

"다들. 심문은 끝났어. 녀석들, 배후의 이름까지 제대로 실토했어. 이제 잡는 일만 남았어."

"내 나라에서 허튼 짓을 하면 어떻게 되는지 뼈저리게 깨닫게 해줘야겠군."

종이봉투단이 그렇게 애썼는데도 캐내지 못한 정보인데, 이 두 사람은 어떤 방법을 쓴 걸까.

뜨거운 촛농을 즐기는 변태도 입을 열게 하고야 마는 심문은, 로라가 상상도 할 수 없는 것임이 틀림없다.

무서우니 구체적인 것은 묻지 않도록 하자.

※

건달들의 배후는 바트란 아마스트였다.

팔레온 왕국과 이웃한 라그드 공국에서 유명한 와인 제조업자다.

그가 만든 와인은 왕도에서도 많이 유통되고 있고 꽤 평판이 좋다.

그런 사내가 어째서 건달들을 시켜 포도밭에 불을 질렀을까?

건달들도 자세한 것은 듣지 못한 모양으로 확실히 이유는 알아내지 못했다.

그러나 추리하는 것은 간단하다.

바트란은 바로 얼마 전까지만 해도 라그드 공국에서 최고의 와인을 만드는 남자로 유명했다.

그런데 작년부터 교회에서 만든 와인이 라그드 공국에서 유통된 이후로 그 평판에 그늘이 드리우기 시작했다.

특히 귀족들이 여는 파티에서는 교회 와인이 최고라는 이야기가 화제에 올랐을 정도다.

교회 와인은 생산량이 적기 때문에 라그드 공국에 유통되는 양이라고 해봐야 얼마 되지 않았다.

따라서 바트란의 수입에 타격은 없을 터다.

그러나 바트란에게는 수입보다 자존심이 중요했을 수도 있다.

—그것이 대현자의 생각이었다.

그 자존심을 지키기 위한 수단이 건달들을 동원해 퇴거를 독촉하고, 포도밭에 불을 지르는 고상하지 못한 행위인 것은 아이러니다.

분명 그만큼 값싼 자존심일 거라고 로라는 생각했다.

"그럼, 폐하. 이제 어떻게 하죠?"

"건달들이 바트란이 묵고 있는 호텔을 실토했어. 일단 그곳을 조사하게 하겠지만, 목적을 이루었으니 이미 떠나고 없겠지. 일단 난 왕궁으로 돌아가서 바트란 아마스트를 지명 수배할 거야. 절대로 국외로 나가게 두지 않아. 며칠 내로 어디 있는지 알아내겠어. 그대들은 그때까지 기다리도록."

그렇게 말하고, 여왕은 교회를 뒤로했다.

밖에 마차를 대기시켜둔 모양으로 말발굽 소리와 마차 바퀴가 멀어져가는 소리가 들렸다.

"학장님. 우리는 어떻게 하죠?"

로라가 물었다.

"그래…… 일단 그 종이봉투를 벗지그래?"

실로 지당한 대답이 돌아왔다.

비밀 결사 종이봉투단은 그 상징인 종이봉투를 벗고 정체를 드러냈다.

"짜자안~. 바로 저였어요!"

"알아."

"에이~ 학장님은 반응이 별로예요!"

"미안, 미안. 그럼 오늘은 학교로 돌아가서 폐하의 소식을 기다리자. 수녀님, 깊은 밤중에 소란스럽게 해서 미안했어요."

"아, 아뇨…… 신경 쓰지 마세요……."

베라의 배웅을 받으며 로라 일행은 학교를 향해 걷기 시작했다.

그 도중에 그 건달들은 어떻게 되었을까를 떠올린 로라가 대현자에게 물었다.

"그 녀석들은 차원 창고에 가둬뒀어. 기억하고 있으면 내일이라도 위병들한테 넘기고 올게."

건달들의 운명은 대현자의 기억력에 달린 모양이다.

아무리 그래도 차원 창고에서 굶어죽는 것은 불쌍하니 부디 기억해주길 바란다.

대현자가 수업이 끝날 때까지 잊고 있으면 로라가 기억을 떠올리게 해줘야 할까.

그러나 로라에게도 건달들은 별로 중요한 존재가 아니므로 잊어버릴지도 모른다.

"그럼 기억력이 좋을 것 같은 샬롯이 기억하기로 해요."

"어머, 무슨 소리예요. 나도 중요하지 않은 일을 기억하는 건 무리예요."

"저도 어렵습니다."

"나도."

"삐ㅡ."

모두 기억력에 자신이 없다.

이런 시시한 일로 걱정하는 것도 한심한 것 같으니, 돌아가는 길에 위병들의 대기소 앞에 밧줄로 묶은 건달 셋을 데려다놓기로 했다.

잊어버릴 것 같은 일은 잊어버리기 전에 해치우는 것이 최고다.

알기 쉽게 『교회 방화 사건의 범인입니다』라고 종이도 붙여뒀다.

"실례합니다~. 넘겨드릴 것이 있어요~."

대기소는 거리 곳곳마다 있는 작은 건물이다.

안에는 항상 두세 명의 위병이 머물며 거리의 평화를 지키고 있다.

"우왓, 이게 뭐야!"

밖으로 나온 위병이 대기소 앞에 널브러진 건달들을 보고 소리쳤다.

"보시는 대로 방화범이에요!"

"아니, 갑자기 그렇게 말해도 말이지……."

"제대로 조사한 거니까 틀림없어요!"

"으음……."

좀처럼 믿어주지 않았다.

그러자 옆에 있던 대현자가 도와주었다.

"상관한테 설명하는 게 귀찮으면 마침 지나가던 대현자가 두고 갔다고 말하면 돼. 혹시 그것조차 귀찮으면 근처의 적당한 수로에 흘려보내도 되고."

"네에, 마침 지나가던 대현자…… 앗, 대현자님?! 우왓, 진짜다! 앗, 실례했습니다!"

"괜찮아. 그것보다 이 녀석들을 부탁해."

"예! 책임지고 맡겠습니다!"

위병이 절도 있게 경례를 올렸다.

애물단지를 처리한 로라 일행은 안심하고 학교 안으로 들어섰다.

그때, 대현자가 생각났다는 듯이 입을 열었다.

"참, 참. 너희! 교복 차림으로 환락가를 어슬렁거리고 돌아다녔지! 아무리 그래도 그건 안 되지!"

"윽…… 하지만 방화범을 찾으려면 어쩔 수 없었어요!"

"맞아요. 저희도 딱히 좋아서 그런 곳에 간 게 아니에요!"

"두 번 다시 가고 싶지 않아."

"정말 음흉한 곳이었습니다!"

로라 일행은 필사적으로 변명했다.

불가항력적으로 발을 들인 것은 사실이었기에 뒤가 켕기는 일도 없었다.

진지하게 호소하면 대현자도 알아줄 것이다.

"그렇구나. 확실히 너희 덕분에 건달들도 쉽게 찾았어."

"우와, 역시 학장님은 대화가 통해요!"

"후후, 고맙구나. 지금 한 설명을 에밀리아한테도 그대로 해줘. 그 애, 단단히 화가 났었어."

"……아? 어, 어떻게 에밀리아 선생님까지 알고 있는 거예요?!"

"친절한 주민들이 『길드레아 모험가 학교 학생들이 밤에 환락가를 돌아다니던데 어떤 교육을 하는 거예요?』라면서 일부러 알려주러 왔어."

로라 일행은 입을 딱 벌렸다.

듣고 보니 예상했어야 할 일이었다.

길드레아 모험가 학교는 무척 유명하다. 그냥 있어도 그 교복은 사람들의 이목을 끈다.

그런 교복을 입고 밤에 환락가를 어슬렁거리면 그런 제보 한둘쯤은 들어오는 게 당연하다.

"저, 학장님…… 내일 교실에 갈 때 같이 가주시면 안 돼요……? 저랑 샬롯만 가는 건 불안해요……."

"로라는 내가 목숨을 걸어서라도 지켜줄게요!"

"마법학과 다음에는 전사학과에도 와줘……."

그런 간절한 소망에도 불구하도 대현자는 미소를 머금고 고개를 저었다.

"안 돼. 내가 에밀리아한테 혼나잖아. 너희도 가끔은 제대로 설교를 들어."

"가끔이 아니에요. 항상 듣고 있어요!"

"그럼 에밀리아한테 좀 더 강하게 설교하라고 전해둘게."

"흐아아……."

그러나 다음 날 아침.

떨리는 가슴으로 교실에 들어갔더니, 에밀리아는 특별히 설교를 하는 일도 없이 평범하게 수업을 시작했다.

로라와 샬롯은 마음을 놓고, 분명 학장님이 에밀리아 선생님에게 잘 말해준 거라고 생각하기로 했다.

그러나 오전 수업이 끝나고 구내식당에 가려고 한 순간.

두 사람은 에밀리아 선생님에게 뒷덜미를 덥석 붙잡혔다.

"너희들. 잠깐 교무실로 따라와. 이유는 알고 있겠지?"

""흐, 흐아아……""

그리고 교무실로 들어갔더니, 베헤모스 같은 얼굴로 변한 전사학과 1학년 선생님과 하얗게 질린 안나가 있었다.

그리고 점심시간 내내 설교를 들었다.

중간에 배에서 꼬르륵 소리가 났는데도 용서해주지 않았다.

"그건 재난이었군요."

방과 후.

겨우 늦은 점심을 먹게 된 로라 일행에게 미사키가 태평하게 말했다.

"어제는 미사키 씨도 함께였는데 어째서 미사키 씨만 혼나지 않는 거예요! 치사해요!"

"그건 제가 학생이 아니기 때문입니다."

그러고 보니 그랬다.

"치사해요!"

팔레온 왕국은 치안이 좋기로 유명하다.

　그것은 모험가나 정규군이 몬스터 사냥을 열심히 하기 때문만
은 아니다.

　사람이 저지른 범죄를 검거하는 능력도 뛰어난 거다.

　저마다의 마을을 지키는 위병과 국경 경비대.

　B랭크 모험가 이상의 실력자들만으로 구성된 여왕 직속 기사단.

　그 조직들이 비밀리에 연락을 취해 용의자를 좁혀나간다.

　건달들이 실토한 바트란의 인상과 체격 따위가 적힌 문서를, 연
락책인 비둘기를 이용해 국경 경비대와 각 마을의 위병에게 전달
했다.

　포위망은 벗어날 수 없다.

　그리고 비밀 검사 종이봉투단이 교회 지하실에서 무시무시한
양초 고문 의식을 치른 지 이틀째 되는 날. 팔레온 왕국의 정보망
은 벌써 바트란 아마스트의 위치를 파악했다.

　역시 그는 라그드 공국으로 향하고 있었다.

　그렇지만 아직 국경까지는 가지 못했다.

만약 국경을 넘으려 한다면 그때 체포하고, 저항한다면 살상도 허가했다.

실제로 이미 왕도와 라그드 공국의 중간에 위치한 마을에서 위병이 바트란을 발견하고 체포를 시도하고 있었다.

그러나 바트란은 감이 날카로운 모양으로 달아나버렸다.

그러나 팔레온 왕국의 정보망은 견고하다.

곧바로 비둘기를 날려 바트란을 발견했다는 소식을 왕도에 전했다.

이때를 놓치지 말라는 듯이 여왕은 기사단에 출동 명령을 내렸다.

대현자까지 기사단에 섞여 행군했다.

그리고 운이 좋게도 그날은 주말이었기에 로라, 샬롯, 안나, 마시카도 대현자와 동행했다.

"삐—."

물론 하쿠도 함께했다.

바트란이 목격됐다는 마을을 중심으로, 천 명의 기마병으로 이루어진 기사단은 조사에 착수했다.

마을 주위는 황야다.

몸을 숨길 만한 곳은 적었다.

그리고 바트란을 발견한 위병에 따르면, 그는 말 두 마리가 끄는 마차를 타고 라그드 공국 방향으로 향한 모양이었다.

마차에는 바트란뿐만 아니라 호위로 짐작되는 자가 두 명 더 타고 있었다고 한다.

마차가 떠난 지 반나절 정도밖에 지나지 않았기에 기사단이 자랑하는 명마들이라면 충분히 따라잡을 수 있을 터다.

"자, 다들. 우리는 개별로 움직이자. 아무리 기사단 말이 빠르다 해도 공중에서 찾는 게 훨씬 쉬울 거야."

그렇게 말한 대현자가 차원 창고에서 카펫을 꺼냈다.

여름방학이 끝나갈 무렵, 수인 마을인 오이세 마을에 갈 때 썼던 카펫이다.

카펫 자체는 지극히 평범한 것이지만 대현자는 이것을 마력으로 띄울 수 있다.

"또 다 같이 하늘은 나는 거군요. 기대됩니다!"

"그리고 다시 미사키 씨의 귀와 꼬리를 만지는 거네요. 기대돼요!"

"그건 삼가주십시오! 진지하게 바트란인가 하는 자를 찾는 겁니다! 설마 로라에몬 씨는 바트란을 잡는 것보다 제 귀와 꼬리를 만지는 게 중요하다고 말하는 건 아니겠지요?!"

미사키의 주장은 지극히 옳았기에 로라는 대꾸할 수 없었다.

그래서 하늘을 나는 카펫에 앉아 묵묵히 아래를 관찰하는 수밖에 없었다.

무사히 바트란을 찾아내 닭들의 원한을 풀면 정정당당히 미사키를 만지자.

"강화 마법으로 시력을 강화할게요!"

"강화 마법에 그런 기능이 있는 줄은 몰랐어."

샬롯이 눈에 마력을 모으는 것을 보고, 안나도 따라 하려 했다.

그러나 마법학과가 아닌 안나가 마력을 한 곳에 집중시키는 것은 조금 어려운 모양이었다.

결국 포기하고 원래 시력으로 아래를 내려다봤다.

"난 원래 눈이 좋으니까 괜찮아."

뺨을 부풀리고 자기 합리화를 하는 모습이 귀엽다.

"에헤헤―."

"로라. 왜 내 얼굴을 보고 웃는 거야?"

"안나가 귀여워서요!"

"로라만큼은 아니야. 에잇."

"으아! 뺨은 잡아당기지 마세효오오!"

안나가 잡아당긴 로라의 뺨은 녹은 치즈처럼 축 늘어져 떨어지는 일― 없이, 살짝 얼얼할 뿐이었다.

"으아아…… 안나는 너무해요. 하쿠도 그렇게 생각하죠?"

"삐이?"

로라의 머리 위에서 느긋하게 있던 하쿠가 무슨 일이지라는 듯이 울었다.

명백히 동의하는 목소리가 아니었지만 로라는 하쿠의 뜻을 날조해 자기편으로 만들었다.

"거 봐요. 하쿠도 그렇다고 했어요!"

"로라. 계속 거짓말만 하면 혀가 두 개로 변해."

"엣? 그런 법칙이 있었어요?! 내 혀, 아직 그대로인 거죠?!"

로라는 허둥지둥 혀를 내밀어 안나에게 보였다.

그러자 대화에 관여하지 않았던 샬롯이 어째선지 반짝이는 눈빛으로 바라봐왔다.

"아아~~ 로라는 너무 귀여워요!"

"갑자기 무슨 소리예요! 정말! 제대로 바트란을 찾아봐요!"

로라는 혀를 내밀었던 행동을 얼버무리고, 카펫에서 몸을 내밀어 황야를 내려다봤다.

황야라고 해도 완전히 황폐한 땅이 아니라 드물게 풀과 나무가 있었다.

이 지역은 농업에는 적합하지 않지만 나름대로 광물 자원이 묻혀 있는 모양이라고, 오기 선에 샬롯이 가르쳐주었다.

1학기 수업에서도 배운 모양이지만, 로라의 기억 속에는 남아 있지 않았다.

신기하게도 시험이 끝나면 암기했던 내용이 어디론가 날아가고 만다.

"아앗?! 몹시 빨리 달리는 마차가 있습니다! 수상합니다!"

미사키가 불쑥 외쳤다.

미사키의 시선을 더듬어가자, 저 멀리서 굉장한 흙먼지가 피어오르고 있었다.

여기서는 개미처럼 보이기에 말해주지 않았다면 놓쳤을지도 모른다.

"미사키, 용케 봤군요!"

"수인은 시력도 주의력도 뛰어납니다."

"나보다 먼저 찾다니 대단한데? 상으로 다 같이 만져주자."

대현자는 그렇게 말하며 미사키의 꼬리를 들어 올렸다.

"아앗?! 왜 그렇게 되는 겁니까?! 혹시 먼저 찾아놓고도 그런 망언을 하려고 잠자코 있었던 겁니까?! 그랬던 게 틀림없습니다! 내가 찾았는데 대현자님이 못 찾는 건 있을 수 없습니다!"

"글쎄, 어떨까. 하지만 카펫은 우연히도 아까부터 마차를 향해 나아가고 있네."

"이건 엄연한 수인 학대입니다!"

그런 미사키의 호소가 무색하게, 로라 일행은 카펫이 마차를 따라잡을 때까지 스킨십을 즐겼다.

그 사이에 대현자는 바트란을 찾았다는 내용을 적은 종이비행기를 날렸다.

종이비행기는 곳곳에 흩어져 있는 기사단에게로 날아갔다. 오래지 않아 기사들이 모여들 것이다.

지상에는 천 명의 기마병이, 상공에는 로라 일행이 있다.

이 정도면 바트란이 누구든 탈출은 불가능하다.

물론 마차를 탄 사람이 바트란이 아닐 가능성도 있다.

그때는 허탕이다.

그러나 바트란이 목격된 마을 근처에서 폭주 중인 마차가 바트란과 전혀 무관할 리 없다.

하물며 저 마차는 라그드 공국 방향으로 달리고 있다.

일단 따라잡아서 세울 것이다.

만약 아니라면⋯⋯ 사과하면 그만이다.

※

역시 건달 따위를 고용할 게 아니라 직접 나섰어야 했다―.

멀컹거리는 마차 안에서 바트란 아마스트는 뼈서린 후회에 사로잡혀 있었다.

교회를 빼앗는 데는 실패했지만 포도밭을 불태워 올해의 와인 제조를 방해하는 데는 성공했다.

최소한의 목표를 달성한 뒤 안심하고 라그드 공국으로 돌아가고 있었는데.

도중에 들른 마을에 자신의 수배 전단이 붙어 있었다. 그것도 몽타주까지 그려진 전단이.

그 몽타주는 바트란의 얼굴을 직접 본 자가 그린 것이 아니라, 건달들의 증언을 토대로 만들어졌을 것이다.

별로 닮지 않은 것이다. 그러나 특징은 전해졌다.

어쨌든 바트란은 곰 같은 체격으로, 자신이 원하지 않더라도 사람들의 시선을 끌었다. 그리고 생김새는 몬스터로 착각할 정도고, 뺨에는 싸움을 하다가 생긴 흉터도 있었다.

마을에 들어선 순간, 위병이 달려왔다.

그러나 바트란도 수배 전단을 보자마자 도망칠 태세에 들어가 있었기에 가까스로 잡히지 않고 탈출에 성공했다.

지금은 라그드 공국을 향해 황야를 달리고 있다.

그러나 이대로라면 국경을 넘지는 못할 것이다.

검문소에 접근하자 국경 경비대가 우르르 몰려왔다.

이미 라그드 공국으로 돌아가기 위해서는 가도를 벗어나 검문소가 없는 산이나 숲으로 가는 수밖에 없었다.

그러나 가도를 벗어난 곳에는 수많은 몬스터가 살고 있다.

아무리 바트란이 싸움에 익숙하고 마법사 경호원까지 두 명 달고 있다 해도 불안은 가시지 않았다.

'그래도 검문소로 가는 것보다는 희망적인가……'

바트란이 산을 넘기로 마음을 굳힌 그때.

마차 뒤쪽에서 땅이 울리는 듯한 소리가 가까워져왔다.

"뭐야. 무슨 소리냐!"

"바트란 님! 뒤에서 기마병들이 쫓아오고 있습니다! 그것도 어마어마한 규모입니다!"

함께 마차를 타고 있는 마법사가 창문을 보면서 비명을 질렀다.

"기마병이라고?! 젠장. 이미 발각된 건가……!"

그러나 자신에게는 마법사가 둘이나 있다.

바트란과 함께 마차 안에 탄 이 자와 마차를 끌고 있는 남자.

이 둘이 말에 강화 마법을 걸어주면 기마병을 따돌릴 수 있을지도 모른다.

그런 생각을 하면서 바트란도 창문으로 뒤쪽을 내다봤다.

들은 대로 기마병이 있었다.

기사를 태우고 흙먼지를 일으키며 황야를 달리는 말 떼가 보였다.

예상했던 그림이지만, 위화감이 있었다.

"흙먼지가 너무 심하잖아……?"

자욱이 낀 누런 연기는 하늘 높이 피어오르고, 시야 전체를 가득 메울 정도로 넓게 퍼져 있었다.

열 마리나 스무 마리로는 이렇게는 되지 않을 것이다.

그렇다면 백 명. 아니, 그보다 더.

"바트란 님! 몇 백 명이나 되지 않습니까!!"

흙먼지 사이로 은백색 갑옷을 두른 기사의 모습이 보였다.

그 대열은 끝없이 안쪽까지 이어져 있다.

동시에 대열의 폭도 믿을 수 없을 정도로 옆으로 뻗어나가 있었다.

마법사가 말한 것처럼 몇 백, 어쩌면 천 명 가까운 기마병이 바트란을 추격하고 있었다.

맙소사, 이런 말도 안 되는 일이…….

천 명이라고 하면 팔레온 왕국 기사단이 총동원된 숫자다.

그들의 실력은 적어도 B랭크 모험가와 맞먹는 것으로 알려져 있다.

몇몇은 A랭크인 자도 있다고 들었다.

여왕의 비장의 무기로도 불리는 무시무시한 전투 집단이다.

그런 녀석들이 바트란을 잡기 위해 쫓아오는 것은 악몽이나 다름없었다.

바트란은 분명 포도밭을 태우라고 명령했지만 반대로 말하면 그것뿐이었다.

딱히 여왕을 암살하려 했다거나 왕도를 혼란에 빠뜨리려 했다거나, 그런 엄청난 짓을 꾸민 것이 아니다.

그런데 왜―.

"달려라! 도망쳐! 말에 강화 마법을 걸어! 기마병 숫자가 많다고 해서 속도가 빠른 건 아니야. 아직 따돌릴 수 있어!"

바트란의 외침에 두 마법사는 자신의 역할을 떠올렸다.

순간, 마차가 단숨에 속도를 높였다.

기마병이 멀어져갔다.

'됐다!'

그렇게 생각한 것도 잠시.

기마병들도 이미 속도를 높인 것이 아닌가.

"바트란 님. 저쪽도 강화 마법을 쓸 수 있는 모양입니다!"

"젠장할!"

생각해보면 당연한 일이었다.

상대는 정예 중의 정예.

창을 들고 있어서 백병전이 전문인 것처럼 보이지만, 마법을 다룰 줄 아는 것이 당연하다.

"어이, 너. 기마병한테 마법을 쏴라! 녀석들의 발을 묶으란 말이야!"

"불가능합니다! 숫사가 너무 낮아서 언 발에 오줌 누기예요!"

"그럼 땅을 울퉁불퉁하게 망가뜨려. 조금이라도 시간을 벌란 말이다!"

번뜩 깨달았다는 표정을 지은 마법사가 뒤쪽을 향해 폭발 마법을 마구 쐈다.

땅이 무너져 날아가고 흙먼지가 피어오르더니 황야에 구멍이 생겼다.

그 구멍을 피하려고 기마병이 진로를 바꾸었다.

그러나 그들은 인원이 많은 만큼, 진로를 변경하는 데도 혼란이 따랐다.

나름대로 간격을 벌려 대열을 만들고는 있지만 어쩔 수 없이 혼란이 발생해 행군 속도가 눈에 띄게 떨어졌다.

"예스! 이대로라면 따돌릴 수 있을지도 모릅니다!"

"흥. 중요한 건 머리를 어떻게 쓰느냐다!"

기마병이 멀어져서 우쭐해진 바트란이 마법사에게 큰소리를 쳤다.

그러나 위험은 아직 남아 있었다.

아니, 이제부터가 시작이었다.

"전방에 사람이 있다!"

마차를 끌고 있는 마법사가 외쳤다.

"무슨! 설마 앞질러 가 있던 기마병이 있었던 거냐?!"

바트란이 마차 안에서 얼굴을 내밀어 전방을 바라봤다.

그러나 기마병은 보이지 않았다.

몇몇 작은 사람의 형체가 있을 뿐이다.

정체는 잘 모르겠지만 아마도 우연히 지나가던 행인일 것이다.

"그냥 치고 가버려! 일일이 신경 쓸 때가 아니다!"

평소의 바트란은 아무리 그래도 이렇게까지 사람 목숨을 하찮게 여기지는 않는다.

그러나 등 뒤에서 기사단이 추격해오고 있는 상황이 그의 감각을 마비시켰다. 어쩌면 본성이 드러났다고 할 수도 있다.

그것은 마차를 끄는 마법사도 마찬가지로, 고용주의 명령을 충실히 지켜 마차의 속도를 늦추는 법 없이 직진시켰다.

그리고 충돌 직전.

바트란은 사람의 형체를 코앞에서 확인했다.

소녀들이었다. 그것을 안 순간, 천지가 뒤집히는 것 같은 충격에 휩싸였다.

아니다. 「것 같은」게 아니라 정말로 마차가 뒤집어졌다.

정체를 알 수 없는 힘에 의해 튕겨 날아가 마치 주사위처럼 데굴데굴 굴렀다.

안에 타고 있던 바트란과 마법사는 온몸을 수없이 부딪쳤다.

이미 몇 번을 굴렀는지 모를 정도로 굴러 마차의 벽이 부서지고 바트란과 마법사는 밖으로 내동댕이쳐졌다.

"끄아, 어떻게 된 거야……."

"치였습니다…… 마차가 소녀한테 치였어요……!"

"소녀들과 부딪친 순간, 보이지 않는 망치로 얻어맞은 것처럼!"

같이 튕겨 날아간 마법사 두 명이 떨리는 목소리로 중얼거렸다.

바트란은 그들이 무슨 말을 하는지 알 수 없었다.

소녀는 마차를 치거나 날리지 않는다. 이건 동서고금을 막론한 상식이다.

그러나 실제로 마차는 날아갔고, 바트란 일행은 황야에 내동댕이쳐져 온몸에 타박상을 입었다.

"말! 말은 어떻게 됐지? 말만 무사하면 그걸 타고 도망칠 수 있어!"

그런 충격을 받고도 말이 무사할 거라고는 생각하기 어렵다.

그러나 마법사가 있으니 회복시키면 된다.

바트란은 절박한 심정으로 말 두 마리를 찾아 두리번거렸다.

머지않아 눈에 들어온 말은 두 마리 다 무사했다.

상처도 보이지 않고 태평하게 히히잉 하고 울고 있었다.

그리고 그 곁에는 소녀들이 미소 띤 얼굴로 말을 쓰다듬고 있었다.

"어, 어떻게 된 거야……! 어떻게 말만 멀쩡하고……."

바트란이 의문을 입 밖에 냈을 때, 뒤에서 대답이 들려왔다.

"그건 말이지. 충돌 직전에 말만 방어 결계로 감쌌기 때문이야."

"……?!"

화들짝 놀라 뒤돌아보니, 은발의 여성이 웅크리고 앉아 쓰러진 바트란 일행을 보고 있었다.

대체 언제부터 거기에 있었을까. 전혀 눈치채지 못했다.

바트란 일행은 튕기듯이 일어나 그 여성을 내려다봤다.

그러나 거만하게 내려다봐도 어쩐지 자기들 쪽이 작게 느껴졌다.

"누구냐, 넌!"

"난 마침 지나가던 길인 대현자. 그리고 그 교회 와인의 팬이기도 하지."

그 순간, 흰 무언가가 번쩍이더니 복부 안쪽까지 울리는 폭발음이 울려 퍼졌다.

그와 동시에 바트란의 양쪽에 있던 두 마법사가 털썩 쓰러졌다.

그들의 피부와 옷에서 연기가 피어오르고 탄내가 자욱했다.

"벼, 벼락?! 이렇게 맑은데…… 그것도 이 둘을 노렸다는 듯이?!"

"노렸어. 이 두 사람, 당신이 고용한 경호원이지? 그저 고용됐을 뿐인 사람한테 지옥을 보여주는 건 불쌍하니까 기절시켰어."

노리고 벼락을 쐈다―.

그것은 곧 그녀가 마법사라는 뜻이다.

주문도 외지 않고 벼락을 조종하다니, 상당한 실력자이리라.

아무리 그래도 은발은 정말로 그 대현자 같다.

"옹? 너, 방금, 지니가던 길인 대현자라고 했이……?"

"응. 그랬어."

"백삼십 년 전에 마신을 무찌른, 그 「아름다운 대현자」 칼로테 길드레아?!"

"그렇다고 하잖아."

"웃기지 마! 그런 녀석이 여기를 지나가는 게 말이 되냐!"

"그렇게 말해도 난 자주 정처 없이 여행을 다니는걸? 뭐, 오늘은 확실히 우연이 아니야. 당신을 쫓아왔어. 바트란 아마스트. 당신 때문에 올해는 교회 와인을 마실 수 없게 됐잖아!"

대현자가 눈을 부릅뜨고 바트란의 뺨을 냅다 올려붙였다.

"끄아악!"

지금까지 여자의 따귀는 수없이 맞아봤다.

어차피 그것은 화난 감정을 전달하기 위한 수단, 액션에 불과하다.

얼얼하게 아파도 웃어넘길 수 있다.

그러나 지금 바트란의 뺨을 덮친 일격은 따귀의 개념을 넘어섰다.

충격으로 몸이 허공에 붕 떠올랐다.

입 안에서 이가 몇 개나 부러졌다. 그 조각이 살을 찔러 극심한 고통에 몸부림쳤다.

그리고 통증은 시간이 갈수록 몇 배로 부풀어 올랐다.

어째서. 확실히 이것은 격통을 동반하는 아픔이지만 바트란은 싸움이라면 이골이 난 남자였다.

이렇게 아이 같은 비명을 지를 만큼 약하지 않다.

그런데도 저도 모르게 절규가 새어나왔다.

"강화 마법으로 당신의 신경을 민감하게 만들었어. 이제 당신은 자기가 지은 죄를 더욱 깊이 반성할 수 있어…… 잘됐지?"

대현자는 그렇게 말하며 미소 짓고는, 바트란의 멱살을 잡아 일으켰다.

"와인을 못 먹게 한 죄! 와인을 못 먹게 한 죄!"

왕복 따귀가 날아왔다.

너무 아픈 나머지 바트란의 눈앞에는 별이 날아다녔다.

오른쪽 뺨을 맞은 충격으로 실신하고 왼쪽 뺨을 맞은 충격으로 깨어났다.

그야말로 생지옥이었다.

"요, 용서해줘……."

체면이고 뭐고 없이 바트란은 애원했다.

그러자 신기하게도 대현자는 멱살을 놓아주었다.

이유는 모르지만 어쨌든 도망치는 수밖에 없었다.

엉금엉금 기어서 대현자에서 도망쳤다.

그러나 이번에는 붉은 머리칼의 소녀가 길을 가로막았다.

"……교회 사람들을 두려움에 떨게 한 죄."

붉은 머리길을 한 소녀의 목소리에서 대현자보다 깊은 분노가 느껴졌다.

"교, 교회 관계자냐……? 돈을 줄게! 그 포도밭을 열 개는 살 수 있을 정도의 돈을 줄게! 그러니까 용서해줘!"

"말은 필요 없어."

붉은 머리칼의 소녀는 바트란의 팔을 잡고 휙휙 회전시켰다.

터무니없는 힘이다.

무시무시한 원심력에 의해 머리에 피가 쏠리기 시작했다.

눈앞의 경치가 흐릿해져 잿빛으로 변했을 때, 붉은 머리칼의 소녀는 손을 놓았다.

'죽었다!'

바위에 부딪치든 땅에 떨어지든 절대로 살아남지 못할 속도다.

바트란은 한순간 그 사실을 직감하고, 머릿속으로 지금까지 살아온 인생을 주마등처럼 떠올렸다.

그러나 무언가에 부딪치기 전에 누군가가 그것을 막았다.

그 친절한 사람은 바트란의 등 뒤에서 팔을 둘러 배를 단단히 붙잡았다. 몹시 작고 가느다란 팔이다. 명백히 아이의 팔……

"그리고 닭을 죽인 죄예요! 필살, 수플렉스!"

바트란의 몸이 둥실 떠올랐다.

그리고 반원을 그리듯이 날아가 땅에 머리를 박았다.

"크아악!"

뇌가 심하게 흔들렸다.

의식이 몽롱했다. 오히려 아직 기절하지 않은 것이 신기할 정도다.

이 소녀들은 바트란을 이대로 천천히 괴롭혀서 죽일 생각일까.

어차피 죽일 거라면 단번에 죽여줬으면 했다.

그렇지! 조금 전까지 뒤쫓아 왔던 기사단. 그들이 밟아주면 한 번에 죽을 수 있다.

어디냐! 어디로 간 것이냐!

"……있다!"

어지럼증과 이명과 구토를 견디며 얼굴을 들자, 멀리서 기마병들이 달려왔다.

저쪽에서도. 이쪽에서도.

기마병이 사방을 포위하고 있었다.

"포위 섬멸이다! 포위 섬멸이다!"

느닷없이 아이의 외침이 들려왔다.

환청일까. 아니면 또 다른 괴물 소녀가 나타난 걸까.

그게 무엇이든 한시라도 빨리 죽여달라고, 바트란은 기도했다.

실행범인 세 건달과 배후인 바트란을 흠씬 패주는 데 성공한 로라 일행은 만족스럽게 왕도로 귀환했다.

　그 후 그들이 어떻게 됐는지는 별로 궁금하지 않았다.

　대현자에게서 전해들은 이야기에 따르면 세 건달은 강제 노역 10년형을 선고받고 이미 광산으로 끌려갔다나.

　광산에서 강제 노역을 하는 것은 상당히 고돼서 기간이 10년으로 정해져 있지만 대부분은 그 전에 죽어버리기 때문에 사형이나 다름없다고 들은 기억이 있다.

　그리고 배후인 바트란도 동일한 형벌에 처해질 예정이지만 그는 이웃 나라 사람이다. 라그드 공국이 신병 인도를 요구한 모양이다. 그러나 여왕은 가까운 시일 내에 광산으로 보내버릴 작정인 듯하다.

　"뭐, 라그드 공국도 그렇게 강하게 나오진 못하겠죠. 바트란이 범죄자인 건 확실하니까."

　"그렇군요. 그런 거군요."

　로라는 이해했다는 듯이 끄덕였지만 사실 잘 몰랐다.

그리고 포도밭이 타버린 교회는 여왕에게 지원금을 받게 됐다.

정확히는 고아원 자체를 국가에서 운영하고 여왕이 신부와 베라를 고용한 형태다.

이로써 고아원은 돈 걱정을 하지 않아도 되게 됐고, 여왕은 와인을 우선적으로 손에 넣을 수 있게 됐다.

"교회 식구들은 여왕 폐하한테 받은 돈으로 매일 맛있는 음식을 먹는 모양이야. 나도 생활비를 보내지 않아도 돼."

"한 건 해결됐네요!"

로라는 구내식당에서 오믈렛을 먹으며 만족스럽게 끄덕였다.

좋은 소식을 들으면 오믈렛도 더욱 맛있어진다.

타인의 행복으로 밥이 맛있어졌다!

"안나가 교복이 아닌 사복을 살 수 있게 된 건 축하할 일이에요. 그건 그렇고, 이제 곧 전사학과와 마법학과 1학년이 합동으로 소풍을 간다는 이야기 들었어요?"

"소풍? 소풍이 뭐예요?"

"처음 듣는 단어야."

"나도 자세히는 모르지만, 멀리서 하는 과외 수업 같은 거래요. 매년 이맘때가 되면 1학년은 두 학과가 합동으로 소풍을 떠난대요."

"와아, 재미있을 것 같아요! 그런데 샬롯은 어디서 그런 걸 들은 거예요?"

"후후…… 어제 방화 후에 결투한 마법학과 선배가 알려줬어요."

"하아…… 샬롯은 아직 결투 같은 걸 하고 있었군요."

로라는 질리고 말았다.

입학 당초부터 샬롯은 방과 후에 혼자서 수련을 하거나 선배에게 결투를 신청하며 학교에서 가장 강한 학생이 되는 것을 노렸었다.

그러나 이제 와서 선배들을 쓰러뜨려 봤자 그다지 큰 의미가 있을 것 같지 않다.

오히려 약한 자를 괴롭히는 것뿐 아닐까.

"말해두지만, 어제 결투는 선배 쪽에서 신청한 거예요. 나도 이제 와서 로라가 아닌 다른 학생과 싸울 필요성 같은 건 느끼지 않아요! 다만 도발에 응하지 않는 건 가자드 가문의 체면과도 연결되니까요!"

"샬롯한테 결투를 신청하다니 무모한 선배네."

"그러게요. 토너먼트 결승전을 보지 않은 걸까요?"

1학기 밀에 치러진 교내 토너먼트에서 로라와 샬롯은 격렬한 싸움을 벌였다.

그야말로 학생은 물론이고 교사들조차 끼어들 수 없는 수준의 싸움이었다.

그 싸움에서 힘을 다 써버린 샬롯은 상당히 약해지고 말았지만, 그렇다 해도 평범한 학생이 싸울 수 있는 상대가 아니다.

도전한 선배는 패배를 전제로 하고 있다고 생각할 수밖에 없었다.

"어제 겨룬 선배는 3학년이고 최강으로 불리는 사람이에요. 우리가 입학하기 전까지는 자타가 공인한 학교 최강이었대요. 그런데 그 토너먼트 이후, 자동적으로 3등으로 떨어진 거예요. 싸우지도 않고 하급생보다 약하다고 단정 지어지는 건 견딜 수 없었다고 말했어요."

"하하아, 그렇군요. 그래서 실제로 싸우고 져서 납득하고 싶었던 거네요."

"그렇겠죠. 여름방학 동안 산속에 틀어박혀 수련을 했대요. 그 수련의 성과를 내가 완전히 물거품으로 만들었어요."

"그래서, 선배는 납득했나요?"

"네. 시원한 표정이었어요. 그 선배는 지금부터 분명 더 성장할 거예요."

샬롯은 어쩐지 신이 나서 커피를 마셨다.

토너먼트에서 로라에게 진 자신과 선배를 겹쳐 보고 있는 건지도 모른다.

"뭐, 어쨌든. 소풍이 있는 모양이에요. 하지만 선배는 소풍의 자세한 내용까지는 알려주지 않았어요. 의미심장하게 웃으면서 기대하라고만 했어요."

"음, 생각하게 하는 사람이군요. 그럼 처음부터 말하지 않는 게 좋아요. 궁금해서 밤에도 잠들 수가 없잖아요."

"동감이야. 나도 오늘부터 못 자. 샬롯은 소풍에 대해서 비밀로 했으면 좋았을 텐데."

"그럴 순 없어요. 나만 잠을 못 자서 괴로워하는 건 불공평해요. 두 사람도 같이 괴로워해주세요."

"아, 그래서 어제 늦게 잔 거군요. 옆에서 계속 뒤척이고 밤중에 갑자기 스트레칭을 해서 나도 여러 번 깼어요."

"어머, 그건 미안해요. 하지만 오늘부터는 함께예요."

샬롯은 심술궂은 미소를 지었다.

"우우, 샬롯이 다른 사람을 끌어들이는 사람일 줄은 몰랐어요!"

"뭐라도 말해도 좋아요. 난 잠에 관해서는 민감한 편이에요. 나만 잠들지 못하는 건 용납할 수 없어요!"

"무슨 말인지 대충 알 것 같아. 그러니까 미사키한테도 알려주자."

식기를 반납할 때 설거지를 하고 있던 미사키를 불러내 소풍 이야기를 짧게 알렸다.

그러자 예상대로 「궁금합니다……!」라며 심각하게 중얼거렸다.

분명 궁금해서 일을 할 때도 신경이 쓰일 것이다.

"후후후. 가끔은 짓궂은 장난을 치는 것도 재미있네요!"

복도를 걸으면서 로라는 신선한 기쁨을 맛보고 있었다.

"어머, 로라도 참. 계속 그러면 또 에밀리아 선생님한테 꾸중을 들을 거예요."

"괜찮아요. 딱히 리바이어던이나 베헤모스를 쓰러뜨리거나 교무실 유리창을 산산조각 내거나 환락가를 어슬렁거린 게 아닌걸요. 사소한 장난이에요."

"……이렇게 생각하니 로라는 굉장한 문제아네."

"로라, 불량소녀였군요……."

안나와 샬롯은 손수건을 꺼내 흑흑 우는 시늉을 했다.

"두 사람도 같이 했잖아요. 나만 불량소녀 취급하지 말아주세요!"

"어머, 교무실 유리창을 깼을 때 나는 없었어요!"

"반대로 말하면 그때 빼고는 있었어요! 셋 다 사이좋게 불량 그룹이에요!"

"로라, 그런 결론이어도 되는 거야?"

"아, 안 돼요. 불량 그룹이 아니에요. 으음, 뭘까요. 허술한 삼인조?"

"그게 타당할지도 몰라."

"난 절대로 허술하지 않아요!"

샬롯은 새빨개져서 결백을 주장했다.

진심으로 하는 말일까?

로라의 집에 갔을 때 그렇게 접시를 깨놓고 말이다.

"아, 그래요! 에밀리아 선생님한테도 소풍 이야기를 해줘요. 그럼 에밀리아 선생님도 밤에 잠들지 못할 거예요!"

"그거 좋은 생각이네요!"

"……난 전사학과니까 그건 맡겨둘게. 이제 오후 수업이 시작될 때니까 난 이만 교실로 돌아갈게."

"맡겨주세요, 안나!"

그렇게 돼서 로라와 샬롯은 수업이 끝난 뒤 에밀리아를 붙잡고 소풍 이야기를 했다.

"소풍? 물론 알고 있어. 그야 난 교사니까. 너희는 누구한테 들은 거야? 상급생?"

""옛! 아, 네.""

듣고 보니 에밀리아는 교사였다. 알고 있는 게 당연하다.

어째서 미리 깨닫지 못했을까.

역시 허술한 속성은 거스를 수 없는 모양이다.

방과 후. 훈련장에서 만난 안나에게 그 사실을 알리자—.

"난 알고 있었어."

"세상에! 안나는 허술한 삼인조에서 혼자 빠지는 거예요?!"

"난 원래 그렇게 허술하지 않아."

"우우…… 분하지만 그럴지도 몰라요. 하지만 에밀리아 선생님한테는 효과가 없어도 하쿠한테는 효과가 있을 거예요. 그러니 하쿠한테 소풍 이야기를 해요."

로라는 아까부터 머리 위에서 꾸벅꾸벅 졸고 있는 하쿠를 내려 품에 안았다.

"하쿠. 지금부터 소풍 이야기를 할 거예요…… 안 일어나네요. 할 수 없으니 이대로 이야기할게요. 수면 학습이에요."

새근새근 잠든 하쿠에게 로라는 행선지도 목적도 모르는 소풍 이야기를 들려줬다.

그러자 하쿠는 느릿느릿 얼굴을 들어 잠에서 깨는 것이 아닌가.

"삐―."

"오! 하쿠가 일어났어요! 역시 신수도 소풍은 궁금한가 봐요."

"그냥 실컷 잤으니까 일어난 거 아냐?"

똑 부러지는 안나는 똑 부러지는 정론을 말했지만 그건 로라에게 불리한 의견이기에 못 들은 것으로 했다.

어쨌든 로라는 소풍 때문에 잠들지 못하는 동맹이 필요했다.

다만 그날은 밝을 때 소풍에 대해 실컷 고민한 탓에 밤에는 의외로 푹 잠들었다.

하쿠도 당연한 것처럼 제일 먼저 침대 위에서 몸을 말았다.

이리하여 소풍 때문에 잠들지 못하는 동맹은 정식 결성을 하기도 전에 해산했다.

다음 주.

조례 시간 때 에밀리아는 학생들에게 느닷없이 다음과 같은 말을 했다.

"오늘은 다 같이 소풍을 갈 거예요……!"

시끌시끌.

마법학과 1학년 교실에 웅성임이 일었다.

"소풍……!"

"드디어 이 날이 왔어!"

"그래서 어디로 가는 걸까."

학생들은 긴장과 기대가 담긴 표정으로 서로 이야기했다.

그 모습을 본 에밀리아는 당황한 표정을 지었다.

"어머? 깜짝 놀래주려고 깜빡 발표를 한 건데…… 아, 로라랑 샬롯이 퍼뜨리고 다녔구나!"

"에헤헤, 소풍 때문에 잠들지 못하는 동맹 결성을 포기할 수가 없어서요."

"뭐야, 그 이상한 동맹은? 뭐, 됐어. 딱히 안다고 문제될 것도 없고. 내가 실망하는 것뿐이고. 내가 실망하는 것뿐이고."

그렇게 말하면서, 에밀리아는 로라와 샬롯을 노려봤다.

눈을 마주치는 게 무서워서 창문 밖을 보며 휘파람을 불기로
했다.

"그럼 다들 운동장으로 이동할게. 전사학과 학생들과 같이 갈
거니까 사이좋게 지내렴."

에밀리아의 인솔 아래 학생들은 줄지어 복도를 걸어갔다.

그리고 운동장에 나가니, 이미 전사학과 1학년들이 줄을 서 있
었다.

"안나다! 안나~!"

"로라! 일단 수업 중이니까 떠들면 안 돼."

"네에."

주의를 받은 로라는 얌전히 줄을 서기로 했다.

마법학과 40명.

전사학과 42명.

총 82명이 네 줄로 나뉘어 나란히 섰다.

에밀리아와 전사학과의 담임이 그 모습을 만족스럽게 바라보았다.

"오늘은 문제없이 진행될 것 같아."

"그거 다행이군요, 에밀리아 선생님."

그렇게 늘 문제를 일으키는 학생이 있는 걸까.

선생님을 힘들게 하다니, 괘씸한 학생이다—.

로라는 그렇게 생각했지만 자기가 괘씸한 학생이라는 사실을

떠올리고 이제부터는 최대한 얌전히 굴자고 다짐했다.

로라는 스스로 반성할 수 있는 아홉 살이다.

마음먹은 대로 되지 않는 일도 많지만…… 세상은 복잡한 곳이니 어쩔 수 없다.

"자자, 다들 모였니?"

그때 대현자가 나타났다.

좀처럼 학생들 앞에 나서지 않는 사람이기에 학생들 사이에 동요가 일었다.

어쨌든 전설적인 사람인 것이다.

직접 본 사실만으로도 자랑거리가 되었다.

다만 로라 일행은 종종 만난다……기보다, 함께 목욕을 하고 동물 잠옷을 입고 노는 사이다.

그래서 대현자를 봐도 그 정도로 기쁘지는 않았다.

"자, 오늘 소풍 말인데. 행선지는 내가 소유하고 있는 무인도야. 뭘 하는지는 도착해서 알려줄 거니까 기대하렴!"

"학장님. 질문해도 되나요?"

"뭔데? 로라?"

"이 인원이 무인도까지 어떻게 이동하나요?"

다른 학생들도 같은 의문을 갖고 있었는지, 모두가 흥미진진한 시선으로 대현자를 바라봤다.

이 왕도 팔레온에는 수로가 여러 개 나 있지만, 80명이 넘는 학생들을 한 번에 옮길 수 있는 배는 들어올 수 없다.

가까이에 흐르는 메젤 강에서 바다까지 내려가는 걸까?

"후후후. 그건 말이지, 이렇게 할 거야. 얍!"

대현자가 구령을 외친 순간, 발밑의 감각에 변화가 일어났다.

뭘까 하고 아래를 내려다보니, 그곳에는 놀라운 광경이 펼쳐져 있었다.

로라 일행은 운동장의 단단한 땅 위에 서 있었을 터인데, 발밑에는 카펫이 펼쳐져 있었다.

82명의 학생과 두 담임, 그리고 대현자가 올라타고도 충분한 공간이 남는 거대한 카펫이다.

"어, 어느새!"

"어디서 어떻게 나온 거야?!"

학생들이 놀라 소리쳤다.

그에 대해 대현자는 「마술이야!」라며 적당히 얼버무렸다.

그러나 당연히 아무도 그 말을 믿지 않았다.

끙끙대며 그 원리에 대해 고민했다.

로라는 이것이 차원 창고라는 마법인 것을 알았기에 살짝 우월감에 젖었다.

"카펫을 타고 날아갈 거야."

대현자의 마력에 의해 카펫이 두둥실 떠올랐다.

이것은 카펫 자체에 비행 능력이 갖추어져 있는 것이 아니라 대현자가 마법을 써서 강제로 띄웠다는 것이 핵심이다.

지난번에 이 기술을 봤을 때는 아주 적은 인원을 태우고 날았었다.

하지만 이렇게 많은 인원도 그때와 다름없이 간단히 떠올랐다.

역시 대현자는 굉장한 사람이라고 새삼 존경하게 됐다.

그리고 학생들 대부분은 자기들 모두가 날고 있다는 사실에 깜짝 놀라 존경할 여유도 없이 딱딱하게 굳어버렸다.

"결계로 감싸서 바람에 날아갈 일은 없지만, 위험하니까 너무 돌아다니지 말고 앉아 있어. 떨어지면 죽으니까."

죽는다는 말을 듣고 모두가 일제히 자리에 앉았다.

자살 욕구가 있는 학생은 없는 모양이다.

"도착할 때까지 30분 정도는 걸리니까 그때까지는 각자 자유롭게 보내도 좋아. 바비큐 파티를 해도 돼."

"학장님. 수업 중이니까 학생들한테 이상한 허가를 내리지 말아주세요. 이런 때가 아니더라도 정말로 바비큐 파티를 열 것 같은 학생이 세 명쯤 있으니까요."

에밀리아가 안경테를 반짝이며 로라와 샬롯, 안나를 빙 둘러봤다.

그러나 그것은 가혹한 편견이다.

장비와 식재가 없으면 아무리 로라 일행이라고 해도 바비큐 파티는 열 수 없다.

"에밀리아 선생님은 우리를 어떻게 생각하시는 거예요?!"

"아직까지 한 번도 카펫 위에서 바비큐 파티 같은 건 한 적 없는데."

샬롯과 안나의 항의에 에밀리아는 쩔쩔맸다.

"미, 미안해……. 확실히 편견이었어……."

"아셨으면 됐어요. 다음부터는 주의해주세요."

로라도 그 말이 맞다며 동의했다.

미리 바비큐 파티를 해도 된다고 알려줬더라면 바비큐 세트를 사서 차원 창고에 넣어뒀다가 여기서 펼쳐 보였을 텐데 말이다.

갑자기 그런 말을 듣고 의혹의 눈초리를 받는 것은 곤란하다.

마법 적성 9999라고 해도 무에서 유를 만들어낼 수는 없다.

"바비큐는 무리지만 30분이나 걸리는 거면 수다를 떨어요."

"삐—."

"그래요. 안나도 이쪽으로 오세요."

"수업 시간에 두 사람이랑 이야기할 수 있다니 이상해."

안나는 카펫 위를 굼실굼실 기어 다가왔다.

다른 학생들도 마찬가지로 친한 그룹끼리 뭉쳤다.

마법학과와 전사학과의 담장을 넘은 우정은 로라 일행만의 전

매특허가 아니었던 모양이다.

사이가 좋은 것은 멋진 일이다.

"하지만 신수와 친구인 건 우리 정도겠죠…… 후후후."

"삐!"

"로라, 뭘 우쭐해하는 거예요?"

그런 이야기를 하는 사이에 카펫은 대지에서 점점 멀어져갔다.

이미 왕도는 초원 안에 있는 작은 점에 지나지 않았다.

"삐─삐─!"

"무슨 일이에요? 하쿠? 아아, 오이세 마을이 보이네요. 그러고
보니, 미사키 씨가 없어요."

"미사키는 학생이 아니니까 어쩔 수 없어."

"그 『입니다』로 끝나는 말투를 들을 수 없는 건 쓸쓸해요."

오이세 마을에서 온 수인도 어느샌가 함께하는 것이 당연해져
있었다.

살짝 폭주하는 구석이 있지만 무척 밝고 재미있는 사람이다.

그리고 무엇보다 복슬복슬한 게 좋다.

떠올렸더니 미사키의 귀와 꼬리를 만지고 싶어졌다.

소풍이 끝나면 만지러 가자.

"아아! 바다가 보이기 시작했어요!"

"오! 정말이에요! 바다를 보는 건 처음이에요!"

"나도. 이야기는 들었지만 정말 온통 물뿐이네. 굉장해."

안나의 말대로 바다는 넓었다.

진부한 감상이지만 어쨌든 넓으니 달리 표현할 말이 없다.

지난번에 하늘을 나는 카펫을 탔을 때는 지평선 끝까지 이어지는 평원을 보고 감동했지만, 이번에는 좀 더 굉장하다.

푸른 하늘과 드넓은 바다가 맞닿은 수평선―.

보고 있자니 빨려 들어갈 것만 같다.

저렇게 멀리까지 세계가 이어져 있고, 그 너머에 또 다른 대륙이 존재한다는 것은 상상을 뛰어넘은 이야기다.

게다가 이 넓은 바다를 배로 여행하는 사람도 있다고 하지 않는가.

"나도 언젠가 다른 대륙에 가보고 싶어요!"

"그거 멋지네요! 졸업하면 셋이서 함께 가요!"

"가자. 여비는 샬롯이 부담하는 걸로 해서."

"그건 안 돼요, 안나. 졸업하면 프로 모험가잖아요. 모험 경비는 스스로 벌어야죠. 나도 본가에 의지하지 않을 생각이니까 안나도 날 너무 의지하지 마세요."

"……샬롯이 제대로 된 말을 하네. 샬롯인데 말이야."

"안나, 그런 말은 너무해요! 샬롯도 가끔은 제대로 된 말을 해요."

"가끔?! 난 늘 제대로예요!"

샬롯이 필사적으로 호소했다.

그러나 로라에게 샬롯은 『자기를 평생 포옹 베개로 삼으려는 사람』이라는 인상이다.

반드시 그렇다는 것은 아니지만, 제대로 됐다고는 말하기 어렵다.

"응? 저런 곳에 섬이 있어."

로라 일행이 살고 있는 대륙이 보이지 않게 됐을 무렵, 안나가 먼 곳을 가리키며 중얼거렸다.

그 말에 주위에 있던 학생들이 그 방향을 바라보았다.

확실히 바다 가운에 육지가 떠 있었다.

카펫은 그 섬을 향해 곧장 날아갔다.

가까워짐에 따라 형태가 또렷이 보이기 시작했다.

면적은 왕도보다 살짝 넓은 정도이리라.

왕도는 15만 명 정도가 산다고 들은 적이 있다. 그 왕도보다 넓으니 꽤 어엿한 섬이다. 적어도 바윗덩어리는 아니다.

그 섬은 한가운데에 높은 산이 있어 완만한 원뿔 모양을 하고 있있다.

전체가 녹색으로 덮여 있어 몬스터가 잔뜩 살고 있을 것 같은 인상을 풍겼다.

"저기가 목적지야."

어느샌가 다가와 있던 에밀리아가 섬을 바라보면서 낮은 목소리로 말했다.

무척 심각해 보이는 목소리다.

"에밀리아 선생님. 저기서 뭘 하는 거예요?"

"글쎄…… 매년 학장님의 마음에 따라 바뀌어. 하지만 긴장을 늦추지 마. 내가 1학년이었을 때는 학장님이 소환한 정령과 싸워야 했어……."

에밀리아는 아득한 곳을 바라보며 중얼거렸다. 그러고는 부르르 몸을 떨었다.

자신의 학창 시절을 떠올린 것이리라.

그러나 그 말을 들은 로라는 오히려 호기심이 샘솟았다.

"학장님의 정령…… 싸워보고 싶어요!"

"우리의 상대로 어울려요!"

"죽을 것 같은 꼴은 당하고 싶지 않지만…… 강해질 수 있다면 대환영이야."

리바이어던이나 베헤모스는 거침없이 이쪽의 목숨을 빼앗으러 온다.

그러나 대현자가 소환한 상대라면 아무리 강해도 목숨만은 걱정해줄 것이다.

분명 학생들이 강해질 수 있게끔 절묘한 균형을 유지하며 공격해올 것이 틀림없다.

"자! 그럼 착륙할게~. 내려가면 바로 시작이야~."

무엇이 시작인지 설명하지 않은 채 대현자는 카펫을 섬으로 착륙시켰다.

다른 학생들이 긴장하는 가운데, 로라 일행 세 명은 두근거리면서 섬을 내려다보았다.

섬은 숲으로 덮여 있었지만 몇몇 트인 장소가 있었다. 카펫은 그런 장소를 골라 착륙했다.

대현자는 카펫을 다시 차원 창고에 집어넣은 다음 학생들을 정렬시켰다.

"자, 그럼 소풍의 규칙을 간략하게 설명할게. 여러분은 저 산의 정상을 노려주세요! 거기에 내가 잡혀 있을 거니까 제일 먼저 짜잔 하고 나타나서 날 구해주는 사람한테는 특별한 상을 줄 거야!"

"상이 뭔데요?"

로라가 손을 들고 질문했다.

"그건 날 구해낸 뒤에 기대해!"

내현자는 웃으며 얼버무렸다.

궁금하니 반드시 제일 먼저 도착해야겠다.

"저, 학장님. 저도 질문해도 될까요……?"

교사인 에밀리아도 손을 들었다.

"좋아. 뭔데?!"

"정상에서 학장님이 붙잡혀 있을 거라고 하셨는데 대체 누가 학장님을 붙잡아놓을 수 있죠……?"

듣고 보니 그랬다. 인류 역사상 최강으로 불리는 대현자를 붙들어놓을 수 있는 자 따위가 있을 리 없다. 설정이 지나치게 현실감이 없었다.

"내가 조종하는 리빙메일이야. 난 『사로잡힌 아가씨』라는 설정으로 산 정상에 있는 요새에서 낮잠을 자고 있을 거야. 24시간 이내에 구하러 와. 만약 24시간이 지났는데도 아무도 도착하지 못하면 전원 『간지럼 지옥형』에 처할 거야!"

간지럼 지옥형.

이름으로 볼 때 괴로울 것 같다.

어떻게든 24시간 안에 정상에 도착해야 한다.

그러나 결코 만만치 않으리라.

목적지가 평범한 산이었다면 24시간이 아니라 24초 안에라도 도착할 수 있다.

가령 강력한 몬스터가 대거 서식하고 있다 해도 24분이면 충분하다.

그러나 이것은 대현자가 기획한 것이다.

그것도 로라와 샬롯이 있다는 것을 알고서 24시간이라는 시간 설정을 했다.

철저히 준비하지 않으면 정말로 『간지럼 지옥형』에 처해질 것이다.

아마 다른 학생들도 같은 결론에 도달했으리라.

모두가 로라를 쳐다보며 창백한 얼굴로 낮게 중얼거렸다.

"로라…… 부탁해…… 네가 유일한 희망이야……."

"부탁한다…… 네가 해주지 않으면 우린 전부 간지럼 지옥행이야."

"평소에는 질투했었지만 이럴 때는 믿음직해……."

자기들이 하지 않더라도 로라가 어떻게든 해줄 거라는 말투였다.

확실히 로라는 자기가 가장 먼저 도착할 생각이긴 했지만, 시합을 시작하기도 전에 모두가 체념하는 분위기인 것은 마음에 들지 않았다.

"에잇! 다들, 기합이 부족해요! 그러고도 길드레아 모험가 학교 학생이에요?! 다들 내가 바로 최강이라는 생각으로 입학한 거잖아요?! 그렇다면 모두 분발해 봐요! 딱히 저와 1대 1로 싸우자는 게 아니에요. 요컨대 목적지에 도착하면 되는 거예요. 누구에게나 기회가 있어요. 운 좋게 아무런 장애 없이 쉽게 정상까지 오를 수 있을지도 모르잖아요. 오히려 저는 길을 잃고 도착하지 못할지도 몰라요. 간지럼 지옥형을 피하려면 모두가 힘을 합쳐 도전해야 해요! 저한테 기댈 게 아니라, 모두가 제일 먼저 도착하는 걸 노리는 거예요!"

로라는 그만 자기보다 나이가 많은 학생들 앞에서 열변을 토하고 말았다.

그 말을 들은 그들은 문득 깨달은 표정을 지었다.

"그, 그래…… 이건 어떤 의미로 로라를 이길 수 있는 기회야!"

"나보다 어린 여자애한테 의지하려 했던 내가 부끄러워."

"고마워. 한 꺼풀 벗겨진 기분이야……."

80명 가까운 학생들에게 뜻하지 않게 감사 인사를 받은 로라는 「에헤헤, 고마워요」라며 웃으며 뺨을 긁었다. 어쩐지 쑥스럽다.

그러자 담임인 에밀리아까지 웃으며 로라의 머리를 쓰다듬었다.

"로라. 입학식 때는 자기소개를 하는 것만으로도 긴장했었는데 성장했구나."

"그러고 보니 그런 일도 있었네요!"

불과 몇 달 전 일이지만 무척 옛날 일처럼 느껴졌다.

입학한 이후로는 무척 충실한 날들을 보내왔다.

길드레아 모험가 학교에 들어와 로라의 세계는 단숨에 넓어졌다.

마법을 좋아하게 될 수 있었던 것도 그렇지만 역시 사람과의 만남이 컸다.

사람이라면 한 번쯤은 고향을 떠나 도시에서 살아볼 일이다—.

로라는 아홉 살인 주제에 그런 잘난 생각을 해봤다.

"요즘은 완전히 유들유들해져서…… 입학했을 때의 얌전함을 조금만 되찾아준다면 선생님이 편할 텐데."

"에엣?! 저의 성장을 기뻐해주신 게 아니었어요?!"

"농담이야. 모험가는 정신적으로도 강해져야 살아남을 수 있어. 적당히 분발해줘, 로라. 선생님도 열심히 할 테니까……!"

"아, 네…… 감사합니다."

유들유들해졌다는 소리를 들은 로라는 어쩐지 석연치 않은 감정을 느꼈다.

확실히 입학한 이후로 정신적으로 성장했다고는 생각하지만 유들유들해진 것과는 살짝 다른 게 아닐까.

로라는 그저 마법 적성 9999에 머리 위에 신수를 태우고 있을 뿐인 평범한 소녀다.

"로라. 정상까지는 셋이서 힘을 합쳐서 가지 않을래요? 그러면 제한 시간도 클리어하기 쉬워요. 정상에 도착하면 다시 셋이서 승부를 해요!"

"오오, 그렇군요! 좋은 생각이에요!"

"간지럼 지옥은 절대 사양이야."

로라 일행은 서로 얼굴을 마주 보고 끄덕였다. 대현자 구조대 결성이다.

"삐―."

하쿠도 함께다.

"잠깐, 잠깐. 소풍 규칙 설명은 아직 안 끝났어. 내 얘기를 끝까지 들어줘."

구조해야 할 대현자의 이야기는 아직 끝나지 않은 모양이다.

포로가 된 공주님이 태평하다.

"그러니까, 일단…… 시작하고 24시간이 지나면 내 마력으로 지진을 일으킬 거야. 자고 있어도 깰 정도로 흔들 거야. 알기 쉬워서 좋지?"

알기 쉬울지는 몰라도 무척이나 비인간적인 마력이다.

샬롯과 에밀리아의 표정이 굳어졌다.

반대로 학생들은 그게 얼마나 굉장한지 상상할 수 없어 멍한 표정을 지었다.

그리고 로라는 노력하면 자기도 할 수 있을지도 모른다고 생각했다.

"그리고 이 섬 안에서는 C랭크 이상인 몬스터와 싸워서는 안 된다는 교칙을 무시해도 좋아. 그리고 가장 중요한 것! 1학기 성적에 따라 한 명 한 명한테 핸디캡을 주겠어요!"

술렁술렁…….

주위가 불온한 공기에 휩싸였다.

"학장님. 성적에 따른 핸디캡이라는 게 대체 뭔가요?"

"음, 예를 들면 샬롯은 공격 마법 금지!"

놀란 것은 샬롯 본인만이 아니었다.

마법사에게 공격 마법을 쓰지 말라는 것은 양손을 묶는 것과 다름없다.

대현자는 그런 상태로 싸우라고 말하는 걸까.

"안나는 두 손으로 검을 쓰는 것 금지. 한 손으로 분발해줘."

"너무…… 엄격해……."

안나는 난처한 얼굴로 자신의 두 손을 쳐다봤다.

손바닥에 물집이 잔뜩 생길 정도로 매일 분발해왔다.

그런데 갑자기 한 손으로 하라고 하면 균형 감각에 차질이 생겨서 제대로 검을 휘두를 수 없다.

"그리고 로라는 무려—."

모든 학생이 마른침을 삼키며 주목했다.

로라가 최강인 것은 모두가 인정하는 바.

그런 로라에게 주어질 핸디캡은 어느 정도의 것일까.

"온몸을 통나무에 묶고 팔다리를 움직일 수 없는 상태로 정상을 노려! 도중에 풀면 안 돼!"

"네에에에?!"

그 터무니없는 조건에 로라는 괴성을 지르고 말았다.

그러나 그 조건을 예상하지 못한 것은 아무래도 로라뿐이었던 모양이다.

"……뭐, 로라라면 그 정도 핸디캡은 당연한 건지도 몰라요."

"난 로라가 통나무에 묶여도 이길 수 있을 것 같지 않아. 타당한 핸디캡이야."

그런 말도 안 되는 이야기가 있을까.

말 그대로 팔다리를 묶인 상태가 되면 한 발짝도 움직이지 못하는 게 아닐까.

이것은 타당하지 않다.

타당이라는 단어에 그런 특수한 용법은 없다.

"뭐, 지금 말한 건 하나의 예야. 한 명 한 명한테 맞는 핸디캡을 내가 직접 생각한 거니까 제대로 지켜줘. 지키지 않으면 페널티가 있어."

대현자가 귀엽게 윙크하자 각 학생들 앞에 쪽지가 팔랑 떨어져 내렸다.

로라가 쪽지를 주워 확인하자 방금 들었던 핸디캡이 적혀 있었다.

곳곳에서 「으악」 하는 비명이 들려왔다.

분명 가차 없는 내용이 적혀 있었던 것이리라. 안됐다.

"학장님. 이 핸디캡을 어기면 어떻게 되는데요?"

"예리한 질문이야, 로라. 지금 실제로 보여줄게. 그래서 말인데 에밀리아. 너한테는 안경을 쓰면 안 된다는 핸디캡을 줄게."

"네에? 무슨 말씀이세요, 학장님! 안경을 벗으면 아무것도 안 보이잖아요!"

에밀리아는 노골적으로 싫은 티를 냈다. 안경을 벗을 생각은 없는 듯하다.

그러자 대현자는 신이 나서 외쳤다.

"대댕~! 에밀리아, 아웃!"

"엣, 뭐, 뭐예요!"

당황하는 에밀리아의 등 뒤에서 거무스름한 사람 그림자가 슥 나타났다.

그것은 정말로 새까만 그림자였다.

아직 아침인데도 실루엣밖에 보이지 않았다. 분명 실루엣밖에 없는 것이리라.

에미릴아가 그것의 존재를 깨달았을 때는 이미 늦은 뒤였다.

검은 그림자는 에밀리아에게 손을 뻗어…… 에밀리아의 옆구리를 간질였다.

"아히, 아햐햐햐! 안 돼! 거긴 안 돼!"

"옆구리가 안 되면 겨드랑이야."

"아아아앗, 거긴 더 안 돼애애앳!"

간질간질간질간질.

그림자는 에밀리아가 쓰러질 때까지 몇 분에 걸쳐 계속 간지럼을 태웠다.

이윽고 에밀리아가 땅에 엎어져 거칠게 어깨를 들썩이자, 그림자는 땅으로 빨려 들어가듯 사라졌다.

"지금 보여준 건 내 마력으로 만든 영수야. 내가 부여한 핸디캡을 어기면 어디선가 불쑥 나타나서 자동적으로 간지럼을 태우니까 다들 핸디캡을 어기면 안 돼~."

학생들은 꿀꺽 침을 삼켰다.

에밀리아가 실신 직전까지 간지럽힘을 당하는 광경을 보고 평정심을 유지할 수 있는 자는 없다.

이것이 평범한 공격이라면 그나마 각오의 여지가 있었다.

모험가를 목표로 하고 있는 이상, 적의 공격에 대비하는 것은 당연하다.

그러나 간지럼―.

이것은 예상하지 못한 공격이다.

게다가 무엇을 숨기랴. 로라는 간지럽힘을 당하는 것을 가장 못 견뎌했다. 살짝만 간지럽혀도 기절하고 만다.

"내가 보이지 않게 되면 소풍 시작이야. 그때부터 카운트다운이 시작되니까 24시간 동안 열심히 해봐. 아, 그래도 식사랑 휴식은 제대로 취하는 게 좋아. 안 그럼 더위 먹을 거야. 그럼 바이바이~."

대현자는 하늘 높이 날아올라 순식간에 시야에서 사라졌다.

그 순간, 어디선가 그 목소리가 들려왔다.

"대댕~! 로라 아웃!"

"꺄, 꺄아아아!"

땅에서 거무스름한 팔이 뻗어 나와 로라의 허벅지를 쓰다듬었다.

팔은 더욱 길어져 옆구리, 등, 겨드랑이, 어깨, 목덜미 등을 간질였다.

"아아아, 아아아앗, 어째서예요! 아무것도 하지 않았는데 어째서요오오!"

"삐이!"

로라의 머리 위에 있던 하쿠가 거무스름한 팔을 향해 불꽃을 내뿜었다.

그러나 그것은 땅에 그을음만 만들었을 뿐 그림자의 간지럽힘은 전혀 멈추지 않았다.

"아무것도 안 해서 페널티야. 제대로 통나무에 묶여야지!"

"그렇군요…… 엄격한 규칙이에요. 역시 학장님이에요!"

"감탄하지 말고 날 통나무에 묶어주세요! 아, 아히힛!"

"엣, 내가 로라를 묶는 거예요……? 세상에, 나한테 그런 취미는…… 하지만 로라가 원한다면……."

"아아아, 그런 말은 됐어요! 그런 건 아무래도 좋으니까 빨리요! 우하핫!"

그림자의 간지럽힘이 너무 과격해서 로라는 서 있을 수조차 없었다.

숨 쉬기가 괴로웠다.

아까부터 계속 웃고 있지만 전혀 즐겁지 않다.

"일단 통나무를 만들게."

안나는 등에 메고 있던 검으로 적당한 나무를 베고 가지를 잘라냈다.

한 손만 쓰는 탓에 평소보다 손놀림이 어설펐지만 수십 초 만에 통나무를 완성했다.

로라는 웃으면서 통나무를 향해 기어갔다.

"아, 큰일 났어요. 밧줄이 없어요!"

"그거라면 걱정 마. 학장님이 맡긴 게 있어…… 이때를 위한 밧줄이었네."

에밀리아에게 밧줄을 건네받은 샬롯이 로라를 통나무에 묶어주었다.

몇 겹에 걸쳐, 이래도냐 싶을 정도로 빙빙 감았다.

그러자 로라를 간지럽히던 그림자도 사라졌다.

"하아……하아…… 죽는 줄 알았어요……."

"로라가 묶여서 하아하아 하고 있어."

"수상한 광경이에요……!"

"수상하지 않아요! 그런데 다른 사람들이 보이지 않아요!"

간지럽힘을 당하고 있어서 눈치채지 못했지만 어느샌가 로라 일행과 두 교사밖에 남아 있지 않았다.

다들 어디로 사라진 걸까.

"이미 진즉에 산 정상을 향해 출발했어."

"학장님이 사라졌을 때 시작된 거니까. 너희, 여유 부리고 있다가는 1등으로 도착하는 건 물 건너간다."

두 교사가 무자비하게 중얼거렸다.

"그럴 수가…… 제가 이런 상태였으니 기다려줘도 됐잖아요!"

"무슨 소리야, 로라. 네가 말했잖니. 한 명 한 명이 1등을 노리자고. 다들 진지한 표정으로 뛰어갔어."

"우우, 그렇군요……. 그렇다면, 바라던 바예요!"

1학년 모두가 정상까지 경주를 하는 거다.

핸디캡 때문에 누가 이길지 모른다.

게다가 대현자가 기획한 시합이니 도중에 이런저런 함정이 있을 터다.

어떻게 전개될지 전혀 예상할 수 없다.

"그럼 출발해요! 샬롯, 안나…… 날 옮겨주세요!"

※

산 정상까지는 셋이서 힘을 합쳐 가기로 했기에 걸림돌이 된다고 해서 두고 갈 수는 없다.

사람에게는 저마다 잘하고 못하는 것이 있는 법이다.

도움이 되지 않는다고 생각했던 사람이 어떤 특정한 상황에 놓였을 때 진가를 발휘하는 일도 있다.

따라서 통나무에 묶여 그야말로 짐이 된 로라도 언젠가 도움이 될지도 모른다.

"이거 참…… 옮기게 해서 미안해요……."

로라가 묶인 통나무를 샬롯과 안나가 어깨에 메고 웃샤웃샤 하며 산을 올랐다.

움직이지 못하는 것은 괴롭지만 이렇게 옮겨주는 친구가 있는 것이 기쁘다.

또, 뒤로 젖힌 자세라서 하늘을 바라보며 이동하는 진귀한 체험도 할 수 있다.

꽤 즐겁다.

"삐―."

하쿠는 로라의 배 위에 앉아 주변에서 따온 나무 열매를 먹었다.

마치 가마에 탄 왕족 같다.

다시 말해, 로라가 가마이고 샬롯과 안나가 가마꾼이다.

"갑자기 생각난 건데, 비행 마법으로 통나무째 날면 안 돼?"

안나가 불쑥 의문을 입 밖에 냈다.

"그건…… 비행 마법은 평소에 쓰지 않아서 상당한 집중력이 필요해요. 통나무에 묶인 상태가 너무 기묘한 일이라 집중력이……
무엇보다 실신 직전까지 간지럽힘을 당한 대미지가 회복되지 않아
서 좀 쉬고 싶어요."

"그렇군. 확실히 그 간지럼 지옥은 끔찍했어. 로라가 회복할 때
까지 옮겨줄게. 그 대신 적이 나타나면 로라로 때릴 거야."

"날 둔기로 쓰려는 거예요?!"

"웬만한 검보다 강할 것 같아요."

"강도는 틀림없이 역사에 남을 수준이야."

"으음…… 알았어요. 사양 말고 내 몸을 써주세요!"

비행 마법은 간지럽힘으로 인한 정신적 충격이 회복될 때까지
는 쓰기 어렵지만, 몸을 단단하게 만드는 일은 간단하다.

그때 마침 미노타우로스가 나타났다.

C랭크로 지정된 몬스터다.

학생 혼자 상대하는 것은 상당히 어렵다.

그러나 로라 일행에게 미노타우로스는 단순한 잡몹이다.

"하쿠, 물러서."

"삐!"

안나의 신호에 하쿠는 공중으로 날아올랐다.

그 순간, 안나는 통나무를 휘둘러 로라를 미노타우로스를 향
해 내던졌다.

미노타우로스는 으드득 하고 뼈가 부서지는 소리를 내면서 숲 속으로 달아났다.

"일격 필살, 로라 소드."

"역시 로라! 굉장한 파괴력이에요!"

"소드일까요? 굳이 말하자면 몽둥이 아닐까요?"

"그럼 로라 몽둥이."

"으음…… 역시 소드가 멋있네요."

"알았어. 로라는 소풍이 끝날 때까지 명검 로라 소드야."

로라는 검객인 안나에게 명검으로 인정받았다.

그때였다.

안나의 등 뒤에서 그 거무스름한 그림자가 나타나는 것이 아닌가.

"안나, 위험해요!"

"응?"

로라가 외쳤을 때는 이미 늦은 뒤였다.

"대댕~! 안나 아웃!"

그림자는 입도 없는데 대현자의 목소리로 외치고는, 안나의 겨 드랑이에 팔을 뻗었다.

간질간질간질.

"아, 아아앗!"

안나는 로라 소드를 땅에 떨어뜨리고, 얼굴이 새빨개져서 몸부림쳤다.

검객이 검을 놓는 것은 보통 일이 아니다.

그럼에도 그림자는 가차 없이 계속 간지럼을 태웠다.

"…그래, 안나는 방금 날 두 팔로 휘둘러서……."

"검을 두 손으로 드는 건 금지라는 핸디캡을 어긴 거예요!"

안나를 구하기 위해 샬롯이 그림자를 향해 로라 소드를 휘둘렀다.

그러나 로라 소드는 허무하게 그림자를 빠져나갔다.

실체가 없는 것이다.

그런데도 간지러운 느낌은 제대로 전해지니 무시무시한 상대다.

하쿠도 앞다리의 발톱으로 그림자를 할퀴려고 했지만 효과는
없었다.

로라 일행은 어쩔 도리 없이 간지러움에 몸부림치는 안나를 지
켜보는 수밖에 없었다.

몇 분 후.

페널티가 끝났는지 그림자는 땅속으로 돌아갔다.

"안나, 괜찮아요?!"

로라는 통나무째 굴러 안나의 곁으로 다가갔다.

중간에 샬롯이 뒤에서 밀어줘서 구르는 것이 한결 쉬워졌다.

"안나, 정신 차리세요! 그런 촉촉한 눈동자로 쳐다보면…… 아
아, 귀여워요!"

샬롯은 축 처진 안나를 끌어안고 뺨을 비볐다.

"⋯⋯괜찮은 것 같아. 아무리 그래도 로라 소드도 검으로 취급하다니 너무해. 아무리 봐도 둔기인데."

"아니에요. 아무리 봐도 둔기가 아니라 나라고 생각해요!"

"삐―."

땅을 구른 로라의 위로 하쿠가 돌아왔다.

신수에게는 의자처럼 보이는 걸까.

"아무튼. 절대로 핸디캡을 어겨서는 안 돼요. 그 「대냥~」 하는 목소리가 들리면 저항은 불가능해요."

통나무에 묶여 있어야 한다.

검을 두 손으로 쓰면 안 된다.

공격 마법을 쓰면 안 된다.

죄다 엄격한 핸디캡이지만 셋이서 힘을 합쳐 산 정상을 노릴 것이다.

다시 결의를 다지고 산을 올랐다.

도중에 그림자에게 간지럽힘을 당하는 4인조를 앞질렀다.

도움을 요청받았지만 이것은 경주다. 곤경에 빠진 적을 도와줄 수는 없다.

게다가 그 그림자를 상대로는 로라 일행조차 아무런 힘도 쓸 수 없었다.

방법이 없다.

마음을 단단히 먹고 지나쳤다.

"오잉? 저기, 얼음 정령과 싸우는 사람들이 있어요."

"정령이 저절로 실체화할 리는 없어…… 학장님의 마법인가?"

"아마도 그런 거겠죠. 1학년의 실력으로도 이길 수 있을 법한 세기로 조정되어 있어요. 이 소풍은 1학년 모두의 수준을 향상시키기 위해 기획된 거라고 봐도 무방할 거예요."

"그럼 아까 그 미노타우로스 정도가 가장 강한 적인 거네요. 그 이상이라면 우리 말고는 팀을 짜더라도 이기지 못할 테니까요."

"맞아요. 그럼 이 경주는 쉽게 이기겠어요!"

마음에 여유가 생긴 로라 일행은 콧노래를 흥얼거리며 정상을 향해 나아갔다.

완전히 하이킹을 하는 기분이다.

그러나 태양이 중천에 떴을 무렵, 상상을 뛰어넘는 적이 앞길을 가로막아 섰다.

그것은 거대한 벼락 정령이었다.

사람보다 키가 스무 배는 컸다.

지난번 로라가 토너먼트 결승전에서 소환한 것과 비슷한 아니, 그 이상의 괴물이다.

"이, 이건 너무 엄청나요!"

"공격이 시작됐어요!"

"지금은 냉정하게 로라 실드를!"

안나가 통나무를 하늘을 향해 번쩍 쳐들었다.

그와 동시에 벼락 정령이 강력한 벼락을 떨어뜨렸다

벼락은 기본적으로 높은 곳에 떨어진다. 따라서 쳐들어진 로라를 향해 떨어졌다.

"으아앗!"

로라는 부랴부랴 방어 결계를 만들어내 자기들을 벼락으로부터 지켰다.

"로라 실드, 성공."

"검도 방패도 되다니, 역시 로라예요!"

"사람을 도구 취급 하지 마세요! 게다가 샬롯, 평소 같았으면 『나도 그 정도 벼락은 막을 수 있어요』라고 말할 때잖아요. 뭘 좋아하고 있는 거예요!"

"통나무에 묶여서 마음대로 취급당하는 로라가 귀여워서 나도 모르게 넋을 잃고 있었어요!"

"네에?! 샬롯의 향상심은 고작 그 정도였던 거예요?"

"로라가 귀여운 게 잘못이에요! 날 유혹해서…… 다음부터는 어림없어요!"

어째선지 혼이 났다.

석연치 않다.

그러나 샬롯이 의욕을 보여줘서 다행이었다.

어쨌든 통나무에 묶인 상태로 싸우는 것은 팔다리가 묶인 채로 싸우는 느낌이었다. 아니, 정말 묶여 있었다. 느낌이 아니다.

그리고 상대는 대현자가 소환한 정령. 지금까지 만났던 적 중에 가장 강할지도 모른다. 이기기 위해서는 샬롯과 안나의 도움이 필요하다.

그 벼락 정령은 로라 일행의 머리 위에 다리를 내리찍었다.

거구이면서 몸놀림이 민첩하다.

그야말로 전광석화 같은 발꿈치 낙하를, 로라 일행은 마력으로 다리 힘을 강화해 회피했다.

다만 로라는 스스로는 움직일 수 없기에 안나와 샬롯이 옮겨주었다.

하쿠도 로라의 어깨에 매달려 함께 옮겨갔다.

정령의 다리는 주위에 있던 나무들을 집어삼키고 눈 깜짝할 사이에 나뭇잎을 모조리 불태우고 줄기를 재로 만들었다.

무시무시한 전류다.

그걸 맞으면 로라는 물론이고 다른 두 명도 무사하지는 않으리라.

"반칙 같은 힘이에요! 이런 걸 상대하면 우리 말고는 순식간에 죽고 말 거예요!"

"어쩌면 학생에 따라 나타나는 적을 바꾸는 건지도 몰라. 학장님이라면 그 정도는 가능할 거야."

"그럼 반대로 말하면 학장님은 우리가 이 정도 상대는 이길 수 있다고 판단하신 거예요. 분발해 봐요!"

"기대에는 부응해야죠. 그럼 일단 적의 전력을 줄일게요!"

그렇게 말한 샬롯은 자기 키보다 큰 물의 화살을 세 개나 만들어냈다.

그리고 벼락 정령을 노리고 화살을 쐈다.

물은 전기를 잘 통하게 한다. 그래서 물의 화살로 정령의 몸을 구성하고 있는 전기를 흩어지게 하려는 속셈이다.

그 생각은 나쁘지 않다.

그러나—.

"대댕~. 샬롯 아웃!"

샬롯에게는 공격 마법을 쓰면 안 된다는 핸디캡이 주어져 있었다.

그것을 잊은 그녀들에게는 무시무시한 페널티가 덮쳐왔다.

"아히, 히이이잇!"

등 뒤에서 나타난 그림자가 옆구리를 간지럽혀, 샬롯은 엎드린 자세로 바닥에 쓰러졌다.

그러나 당연히 그림자는 간지럽힘의 강도를 줄이는 일 없이, 샬롯을 깔고 앉아 옆구리를 계속 간지럽혔다.

기절해서 움직일 수 없게 된 샬롯에게 정령의 주먹이 날아왔다.

"위험해!"

안나는 통나무를 땅에 꽂고, 가벼워진 몸으로 샬롯으로 향해 달렸다.

그리고 샬롯을 안아서 안전한 곳으로 대피했다.

그에 맞춰 그림자도 고속으로 이동해 한순간도 쉬지 않고 샬롯을 계속 간질였다.

그림자는 어떤 상황 속에서도 핸디캡을 어긴 자에게 벌을 준다는 역할을 충실히 이행하는 것이리라.

그에 비하면 벼락 정령은 엄하지 않다.

이렇게 로라 일행은 여전히 무사하므로. 대현자는 꽤나 조절해 주고 있다.

그러나 이제 여기까지인지도 모른다.

샬롯은 웃으면서 날뛰고 있고, 안나는 그런 샬롯을 안고 있어서 행동을 제한받고 있다.

그리고 로라는 땅에 박힌 통나무에 묶인 채다.

지금까지 옮겨준 두 사람과 멀어지고 말았다.

이제 피하는 것은 불가능하다.

"아, 피할 수는 없어도 공격이라면 할 수 있잖아요! 받아라, 소금물 해머!"

로라는 섬을 둘러싼 바다에서 소금물을 끌어 모아, 정령의 상공에 거대한 해머를 만들어냈다.

소금물은 그냥 물보다 전기를 더욱 잘 통하게 한다.

그것에 맞은 벼락 정령은 소금물 해머 안에 퍼져 나갔다.

로라는 지체 없이 소금물을 바다로 돌려보냈다.

그 거대한 벼락 정령도 광활한 바다에 풀어버리면 그대로 사라지는 수밖에 없다.

"좋았어! 된 것 같아요!"

통나무에 묶인 탓에 자기가 행동을 제한받고 있다고 생각했었다.

그러나 냉정하게 생각하면 마법이 있는 한 어지간한 일은 가능하다.

게다가 방금 소금물 해머를 쓸 때 느꼈지만, 간지럼에 의한 정신적 대미지가 사라져 있었다.

일은 해봐야 안다고, 로라는 통나무를 띄워보았다.

그러자 통나무는 훌륭하게 공중으로 떠올랐다. 두둥실 떠서 샬롯과 안나가 있는 곳까지 날아갔다.

이제 샬롯의 페널티가 끝났는지 그림자의 모습은 보이지 않았다.

"어때요?! 이렇게 날면 통나무도 큰 페널티가 아니에요!"

"로라가 완전히 부활했어. 잘됐어, 잘됐어. 이제 고생은 끝났어."

"아하하…… 지금까지 짊어지고 와줘서 고마워요. 어쨌든 평소에는 날지 않으니까 마법 중에서도 어려운 편이에요."

어렵다고 해도 평소에는 그것을 전혀 의식하지 않는다. 모든 것은 간지럼 대미지 탓이다.

아무래도 로라는 간지럼 내성이 마이너스 9999인 모양이다.

"안 돼요, 로라. 우리는 『비행』을 좀 더 일상화해야 해요. 여차할 때 쓸 수 없으면 기술을 썩히는 거예요."

"그렇게 말해도 사람은 평소에 날 일이 없으니까……."

그런 대화를 하고 있자니, 로라의 어깨를 붙잡고 있던 하쿠가 날개를 펼쳐 그 주변을 파닥파닥 날기 시작했다.

자기는 일상적으로 날고 있다고 말하고 싶었던 걸까.

"알았어요. 방과 후에는 하쿠와 공중 산책을 하는 걸 습관화할게요. 매일 날면 좀 더 자연스럽게 날 수 있을 거예요!"

"그 공중 산책, 나도 함께할게요."

"……따돌림당했어."

"우우…… 그럼 안나는 내 등에 타고 함께 날아요!"

"크기 면에서 균형이 안 좋은 것 같아. 샬롯 등에 탈래."

"상관없어요. 그게 분명 수련이 될 거예요!"

산 정상에 오를 때도 이렇게 걷는 것보다 날아가는 것이 빠르다.

로라가 두둥실 고도를 높이고, 하쿠가 그 뒤를 파닥파닥 쫓아왔다.

안나가 샬롯의 등에 휙 매달리고, 샬롯이 그런 안나를 업고 날아올랐다.

"정상까지는 금방이에요."

"후후, 학장님은 시간 설정을 잘못했다고밖에 생각할 수 없어요."

"24시간은커녕 아직 2시간 정도밖에 지나지 않았을 거야."

앞으로 몇 분이면 정상에 도착한다.

로라 일행이 너무 빨라서 대현자는 깜짝 놀랄지도 모른다.

"일등으로 도착했을 때의 상이 뭘까요! 얼른 받고 싶어요!"

"어머, 로라. 정상에 도착하면 셋이서 승부를 봐야 하잖아요? 일등이 될 수 있는 건 한 명뿐이니까요. 벌써 상을 생각하다니 성급하네요!"

"맞아요, 그랬었죠! 하지만 난 지지 않아요!"

"자신만만이네요. 하지만 로라. 로라는 지금 통나무에서 떨어지면 그림자에게 간지럽힘을 당하는 핸디캡이 있어요. 밧줄을 집중해서 노리면…… 후후후."

"아니! 그런 건 비겁해요! 게다가 핸디캡이라면 샬롯이 더 언격하잖아요? 어쨌든 공격 마법을 쓸 수 없으니까요."

"글쎄요. 공격 마법을 쓰지 않더라도 공격할 방법을 생각해냈어요."

"나도 어떻게든 한 손으로 검을 써 보이겠어. 노력하면 될 거야."

"한 손으로 검을 쓸 수 있게 되면 다른 한 손에 방패를 쥘 수 있어요."

"이도류도 가능해."

"오— 꿈이 커졌어요!"

이렇게 생각하니 이 핸디캡은 깊이 생각하고 만든 것이다.

학생들에게 과제를 내주고, 스스로 창의력을 발휘해 달성하게 하는 느낌이다.

제대로 지키면 기술의 폭이 넓어질 것이 틀림없다.

역시 대현자는 굉장한 사람이다. 낮잠만 자는 것처럼 보여도 제대로 교육자로서의 자각을 하고 있다.

그러나 그렇게 되면 24시간이라는 제한 시간에 위화감이 든다.

이대로 가면 로라 일행은 머지않아 산 정상에 도착한다.

핸디캡이 이 정도로 치밀하니 시간 설정만 허술하다고는 생각하기 어렵다.

로라가 그런 고민을 하고 있자니, 산 정상에서 무언가가 번쩍하고 빛났다.

그게 뭔지 생각할 겨를도 없이— 거대한 빛의 구가 날아왔다.

"으아앗!"

로라 일행은 허둥지둥 몸을 피했다.

집 한 채 정도만 한 빛의 구였다. 거기에는 터무니없는 마력이 담겨 있었다.

바로 맞았다면 로라조차 무사하지 못했을 것이다.

이런 위력을 가진 공격 마법을 쓸 수 있는 사람은 세상에 단 한 명뿐이다.

"학장님의 공격인가요?!"

"사로잡힌 아가씨라는 설정인데 어째서 공격하는 거야?"

"그런 건 본인한테 물으세요! 아, 또 번쩍였어요!"

그 정도 위력의 마법을 이런 짧은 시간 안에 한 발 더 쏠 수 있다니, 믿기 어렵다.

날아서 산 정상에 가려면 이것을 피하면서 가야 하는 걸까.

생각만으로도 무시무시하다.

견실하게 걸어가야 할지도 모른다.

"일단 피해요! 하쿠는 날 꽉 붙잡으세요!"

"삣!"

비행 마법의 궤도를 바꿔 두 번째 빛의 구를 피했다.

그러나 피한 곳에 세 번째 빛의 구가 날아왔다.

"연속 발사?!"

한 번 더 회피는 이미 늦었다.

빛의 구는 코앞으로 다가와 있다.

로라뿐이라면 몰라도 안나를 업고 있는 샬롯은 직격탄을 맞고 말 것이다.

모두가 살기 위해서는 방어 결계로 막는 수밖에 없다.

로라는 몸과 마음을 다해 동그란 모양의 방어 결계를 형성했다.

충돌하기 직전 간신히 모두를 감싸는 데 성공했다.

그것은 로라에게 **절박한 상황에서 마법을 쓰는** 첫 경험이었다.

실패하면 다음이 없다. 자칫 잘못하면 목숨을 잃는다.

그런 상황에 내몰린 것은 난생처음이었다.

따라서 더도 덜도 아닌 진심이었다.

왕도를 한 방에 불바다로 만들고도 남을 법한 마력을 온전히 방어에만 쏟아부었다.

마법 적성 9999에서 탄생한 궁극의 방패. 이것을 뚫을 수 있는 창 따위 존재하지 않는다—.

그렇게 단언하고 싶지만, 대현자가 쏜 빛의 구는 로라의 방어 결계를 사정없이 뒤흔들었다.

진동이 안까지 전해지고, 대기를 진동시켰다.

결계가 마구 깎여나갔다. 잠시라도 긴장을 늦추면 그 순간 꿰뚫릴 것이다.

로라는 결계를 유지하기 위해 계속 마력을 내보냈다.

마치 마개가 망가진 수도꼭지처럼.

아무리 로라의 마력이 방대하다 해도 대현자의 공격 앞에서는 불리하다.

'아무리 그래도 이건……!'

로라에게 대현자는 싸워서 이길 수 없는 유일한 상대다.

그것은 처음부터 알고 있었다.

그러나 직접 싸운 적은 없다.

어느 정도의 격차인지 알지 못했다.

그리고 이렇게 실제로 겪어봐도 알 수 없었다.

이 공격은 대현자가 가진 힘의 일부에 지나지 않을 터다.

그에 비해 로라는 이미 한계다.

머지않아 마력이 바닥날 것이다.

'분, 분해……!'

이 또한 처음 느끼는 감정이다.

아버지와 검 수련을 했을 때도 수없이 졌다.

그러나 그때는 지는 게 당연하다고 생각했고, 검 수련이 너무 즐거워서 이기고 지는 것은 별로 신경 쓰지 않았다.

그러나 지금의 로라에게 이기는 것은 일상이었다.

딱히 다른 사람을 무시할 생각은 없지만 기고만장해 있었던 건지도 모른다.

그래서일까.

이렇게 지는 것이 분해서 견딜 수가 없었다.

지고 싶지 않지만 방어 결계를 더 두껍게 하는 것은 무리다.

로라의 마력은 고갈됐다.

방어 결계가 무너졌다.

승패를 강렬히 의식한 싸움에서 지고 말았다.

그리고 대현자의 빛의 구는 로라 일행에게 부딪치기 직전 소멸했다.

죽지 않게끔 배려해준 것이다.

배려받았다. 그러고도 졌다. 손쓸 도리가 없었다. 몇 번을 되풀이해도 같은 결말이 기다릴 것이라는 확신.

입학한 이래 첫 굴욕을 눈앞에 두고 로라는 저주처럼 중얼거렸다.

"이기고, 싶어……!"

이미 비행 능력도 잃은 로라는 거꾸로 곤두박질쳤다.

"로라!"

샬롯이 추락하는 로라를 쫓아왔다. 땅과 충돌하기 직전 따라잡아, 샬롯의 등에 매달려 있던 안나가 통나무를 붙잡아 추락을 멈춰주었다.

목숨을 건졌다.

그런데도 기쁘지는 않았다.

※

"로라. 괜찮아요? 다친 곳은 없어요?"

"아…… 괜찮아요. 안나가 붙잡아줘서……."

통나무째 땅에 내려진 로라는 걱정하며 다가오는 샬롯에게 어렴풋이 대답했다.

"삐—."

하쿠가 뺨을 찰싹찰싹 때렸다.

정신 차려라는 걸까.

"하쿠. 로라는 지쳤으니까 지금은 쉬게 해줘."

그렇게 말한 안나가 하쿠를 들어 올려 품에 안았다.

"삐이."

하쿠는 「그렇군」하는 표정으로 끄덕이고는 얌전히 안나의 품에 안겼다.

그리고 잠시 그곳에서 움직이지 않고 쉬기로 했다.

마력을 다 써버린 로라는 날아오르기는커녕 마법 자체를 쓸 수 없었다.

말할 수 없이 나른해져서 통나무에 묶여 있지 않았다 하더라도 걸을 기분이 들지 않았다.

다행히 제한 시간까지는 아직 여유가 있다.

다른 학생들이 쫓아오는 낌새도 없다.

말 그대로 짐이 된 로라를 억지로 끌고 가는 것보다 회복하기를 기다리는 편이 이 앞을 생각하면 최선이라고 샬롯과 안나는 판단했다.

로라는 두 사람의 판단에 따르기로 했다.

마력 고갈이 권태감을 낳아 머리가 돌아가지 않는 이유도 있었다.

그러나 그 이상으로 철저하게 졌다는 분함이 생각할 능력을 앗아갔다.

최초의 빛의 구가 날아오고 격추당하기까지 불과 몇 초의 공방이었다.

그 몇 초를, 로라는 수없이 머릿속에 떠올렸다.

어디선가 다른 선택을 했다면 이기지는 못하더라도 격추당하는 결말은 피할 수 있지 않았을까.

그런 가능성을 찾았지만 결론은 몇 번을 하더라도 『격추는 불가피』였다.

어쨌든 대현자에게는 압도적인 여유가 있었다.

거의 놀아났다고 해도 좋다.

로라가 무엇을 하든 손끝 하나에 뭉개져버릴 것 같은 예감밖에 들지 않았다.

그 기술을 썼더라면 이길 수 있었다거나 이렇게 처신했다면 이길 수 있었다 같은 미련도 남지 않는 완벽한 패배.

솔직히 몇 억 번을 하더라도 이길 전망이 서지 않는다.

그러나 그럼에도. 아니, 그렇기에 투쟁심이 마구 솟구쳤다.

이기고 싶다. 지고 싶지 않다. 그런 생각을 지울 수 없다.

'샬롯도 이런 마음이었을까……?'

이기지 못할 상대에게 도전한다는 것이 어떤 것인지 몰랐다.

지금까지 진지하게 생각해본 적도 없었다.

울고 싶을 정도로 분해서, 포기하고 싶을 만큼 벽이 높아서, 다음에 어떻게 해야 할지 몰라서, 멈춰 서서 지금의 자리에 만족하면 편해진다는 것을 알지만…… 그래도 도전하고 싶다.

인류 역사상 가장 강한 마법사 대현자 칼로테 길드레아.

로라 에드몬즈는 오늘 난생처음 『적』이라는 존재를 의식했다.

분명 자신의 인생은 그 사람을 쓰러뜨리기 위해 소비될 거라고 확신했다.

"이제 그만 출발할까요."

격추당한 지 세 시간 정도가 되었을 때.

로라는 스스로 휴식을 끝맺었다.

"……좀 더 쉬는 게 어때? 시간은 아직 충분해."

"맞아요. 로라는 마력을 다 써버렸어요! 하루 종일 누워 있고 싶을 정도로 피곤할 거예요."

"아뇨…… 지금은 쉬고 있는 게 더 괴로워요. 뭐든 좋으니, 뭐든 하지 않으면 안 될…… 그런 기분이에요."

그렇게 말한 로라는 통나무를 공중에 띄웠다.

이제 마력이 회복됐다는 것을 어필했다.

실제로 무리하는 것이 아니다.

분한 감정을 더욱 졸인 탓인지 격추당한 직후의 나른함은 이미 없었다.

"그렇군요…… 알았어요. 가요. 날아가는 건 이제 무리니 착실하게 걸어서 정상을 노려요!"

샬롯은 로라의 마음을 알아챈 모양이다.

그 사실을 언급하지 않고 이후의 방침만 말한 것이 그 증거라고 로라는 느꼈다.

안나도 말없이 끄덕였다.

하쿠는 잘 모르겠다는 얼굴로 주위를 두리번거렸다.

정상을 향해 올라갈수록 적과 만나는 횟수가 높아졌다.

그것은 혼라이거나 미노타우로스 떼이거나 거대 정령이거나 다양했다.

손발을 쓰지 않고 마법만으로 움직이는 것을 익힌 로라에게 그것들을 물리치는 것은 손쉬웠다.

샬롯과 안나도 통나무를 짊어질 필요가 없으므로 가뿐히 대처할 수 있었다.

그러나 그럼에도 계속해서 나타나는 적 때문에 로라 일행의 걸음은 늦어졌다.

이미 완전히 해가 기울었지만 아직 절반 정도밖에 오르지 못한 기분이 들었다.

그리고 눈앞에는 얼음 정령과 흙 정령이 앞길을 막듯이 줄줄이 늘어서 있었다.

아니다. 전방뿐만 아니라 좌우, 뒤쪽까지 둘러싸여 있었다.

아까 나타났던 성처럼 거대한 녀석과는 다르게 성인 남성보다 좀 더 큰 정도다.

그러나 규모가 엄청나다. 총 2백 마리는 넘으리라.

이것을 뚫지 못하면 나아갈 수도, 쉴 수도 없다.

"얼음 정령이라면 하쿠의 불꽃으로 녹일 수 있지 않아요?! 하쿠, 한 번 해주세요!"

"삐이!"

하쿠는 기합이 들어간 울음소리와 함께 로라의 머리 위에서 불꽃을 뿜었다.

한때 하쿠의 화력은 생선을 노릇노릇하게 굽는 것이 고작이었지만, 지금은 교실 끝에서 끝까지 닿을 듯한 기세로 불꽃을 뿜을 수 있다.

그 불꽃은 얼음 정령들에게 명중했다.

그러나 녹지 않았다.

주위의 초목은 불타고 있으니 온도가 낮은 것이 아니다.

단순히 대현자가 소환한 얼음 정령의 보냉력이 심상치 않은 것이다.

"이런 때를 위한 강화 마법이에요!"

로라는 자신의 마력을 하쿠에게 흘려보내 화력을 끌어올렸다.

그러자 불꽃은 폭과 길이 모두 몇 배로 늘어나, 얼음 정령을 순식간에 녹여갔다.

"하쿠를 극적으로 강화한 대포. 이름하야 하쿠 격포예요!"

"삐—."

얼음 정령은 단숨에 절반 크기로 줄어들었다.

그 여파로 산불이 발생했지만 이것은 나중에 끄면 괜찮을 것이다.

산불 덕분인지 남아 있던 얼음 정령의 움직임이 둔해졌다.

안나는 그 무리 속으로 뛰어들어 차례로 베어나갔다.

원래는 두 손으로 써야 할 거대한 검을, 유려한 검술과 근력 강화 마법으로 다루었다.

언뜻 보면 검의 무게에 휘둘리는 것처럼 보이지만, 목표물을 정확히 칼로 베어냈다.

이 정도면 남은 왼손으로 이도류가 가능할지도 모른다.

"안나. 내 검을 써볼래요?!"

"써볼래."

"알았어요! 발사!"

로라는 손발이 묶여 있어서 검을 던질 수는 없다.

그러나 허리에 찬 검에 비행 마법을 걸어 칼집에서 발사하는 데 성공했다.

검은 멋지게 안나 앞에 꽂혔다.

안나는 그것을 빼들어 팽이처럼 빙빙 돌아 두 검으로 적을 마구 벴다.

순식간에 얼음 정령을 전멸시킨 다음 흙 정령을 덮쳤다.

"우와! 멋져요!"

"안나한테는 지지 않아요!"

샬롯도 기합을 넣고 흙 정령을 향해 달려갔다.

그러나 샬롯에게는 공격 마법을 쓰면 안 된다는 핸디캡이 있다.

조금 전 미노바우로스와 혼라이거와 싸웠을 때는 근력 강화 마법으로 주변에 있던 바위를 던져서 싸웠다.

이번에는 어떻게 할지 로라가 보고 있었더니, 샬롯은 묘한 형태의 방어 결계를 쳤다.

보통 방어 결계라는 것은 구체로 자신의 주위를 감싸는 것이다.

그러나 샬롯이 만든 것은 원뿔. 그것도 상당히 뾰족한 원뿔이다.

그런 방어 결계의 꼭지를 흙 정령에게 향하고, 샬롯은 비행 마법으로 속도를 높였다.

마치 창을 쥐고 돌격하는 기마병처럼.

다만 샬롯의 방어 결계는 창보다 거대하고 기마병보다 빠르다.

음속을 넘어 충격파로 나뭇잎과 가지를 날리며 흙 정령 여러 마리를 한꺼번에 꿰뚫었다.

회전하는 안나와 돌진하는 샬롯.

두 사람은 경쟁하듯 정령을 유린하며 순식간에 싸움을 끝내버렸다.

"우와아! 대단해요…… 앗, 내 활약이 없어?!"

자신이 정령을 한 마리도 쓰러뜨리지 않은 사실을 깨닫고, 로라는 아연실색했다.

"우후후, 이런 건 빠른 사람이 이기는 거예요~."

샬롯은 자랑스레 말하고는, 마법으로 비를 내리게 해 하쿠가 일으킨 산불을 껐다.

"로라. 검을 빌려줘서 고마워. 칼집에 넣어둘게."

"친절해라…… 아무리 그래도 조금은 내 몫을 남겨줘도 되잖아요!"

"멍하게 있는 게 잘못이에요."

"우우…… 그럼 다음번엔 내가 다 쓰러뜨려버릴 거예요!"

이제 와서 몬스터나 정령을 몇 마리 쓰러뜨린다고 큰 수련이 될 것 같지는 않다.

그러나 뭔가 하지 않으면 안 된다는 초조함만이 커져갔다.

손발이 자유롭다면 주변을 의미도 없이 뛰어다니고 싶을 정도다.

로라가 그렇게 초조해하고 있자니 이번에는 거인이 나타났다.

모험가 학교 기숙사는 3층 건물인데 그것과 맞먹을 정도의 크기다. 그리고 눈은 한 개뿐이다.

모험가 길드에서 B마이너스로 지정한 사이크롭스라는 몬스터다.

샬롯과 안나를 앞지르기 위해 로라는 곧바로 행동에 나섰다.

때마침 생각하고 있던 기술이 있었기에 사이크롭스는 피실험체가 되어줘야겠다.

먼저 차원 창고를 열어, 근처에 나뒹구는 큰 바위를 **저쪽 공간**에 보냈다.

그리고 다신 한 번 차원 창고를 열어 큰 바위를 불러냈다.

그때 원래 있던 곳에 돌려놓는 게 아니라, 사이크롭스의 눈을 향해 『발사』했다.

로라의 키보다 큰 바위가 바람을 가르며 곧장 날아갔다.

바위는 사이크롭스의 눈을 으깨고 그대로 두개골을 관통해 섬 끝까지 날아갔다.

"해냈어! 성공이에요!"

땅을 흔들며 쓰러지는 사이크롭스를 바라보며 로라는 기뻐했다.

승리의 포즈를 취하고 싶지만 묶여서 움직일 수 없으므로 외치는 것에 만족했다.

"로라, 방금 그건 뭐였어요?!"

"차원 창고에 넣어둔 물건을 꺼낼 때, 보이는 범위 내에서라면 원하는 곳을 고를 수 있으니 그 점을 응용해봤어요. 고속으로 날려 보내는 이미지를 그렸더니 원하는 대로 됐어요!"

"하지만 바위를 날리는 것뿐이라면 비행 마법을 써도 되잖아?"

"그건 그렇지만 차원 창고에서 날리면 기습을 할 때 쓸 수 있어요. 어쨌든 갑자기 나오는 거니까요."

"그건 그러네. 지금은 정면에서 날렸지만 적의 등 뒤에서 쏘면 사정없겠어."

"맞아요!"

주변에 떨어진 물건을 탄알로 이용할 수 있으니 탄알이 떨어질 걱정이 없다.

다르게 말해 미리 차원 창고에 탄알을 넣어두면 연속 발사가 가능하다.

창 같은 것을 날리면 강할 것이다.

"로라가 또 강해졌…… 나도 빨리 차원 창고를 쓸 수 있게 되지 않으면 격차가 벌어지기만 할 거예요!"

샬롯은 「우-우-우」 하고 앓는 소리를 내며 주먹을 불끈 쥐었다.

지금의 로라는 샬롯의 마음을 너무나도 잘 알았다.

로라 역시 대현자에게 똑같은 감정을 품고 있어서다.

결국 첫날은 산 정상에 도착하지 못했다.

　사이크롭스 이후로도 몬스터를 만났고, 무엇보다 피로가 쌓여 갔다.

　제아무리 로라라고 해도 마력이 한 번 바닥을 친 후에 다시 움직이는 것은 무리였던 모양이다.

　거역할 수 없는 졸음이 몰려와 스르륵 쓰러지고 말았다.

　"후아…… 미안해요. 잠들 것 같아요……."

　"어쩔 수 없어요. 이미 밤이고, 나도 지쳤어요……."

　"밤에는 무리하지 말고 노숙하자."

　로라의 기억은 거기서 끝났다.

　다음 날, 잠에서 깨니 피로는 말끔히 사라져 있었다.

　듣자하니 샬롯과 안나가 돌아가며 망을 봐준 모양이나.

　"나만 혼자 푹 자서…… 미안해요."

　"신경 쓰지 마세요. 로라는 아홉 살이니 밤늦게까지 일어나 있는 건 좋지 않아요."

　"밤에는 적도 나타나지 않았고 문제없어. 게다가 로라는 대현자의 포격으로부터 우리를 지켜줬으니까 신세 진 게 아냐. 상부상조지.”

“그렇게 말해주니 마음이 한결 편해졌어요.”

잠에서 깬 세 사람은 아직 잠들어 있는 하쿠를 데리고 다시 산 정상을 향했다.

하쿠는 처음에 안나에게 안겨 있었지만 도중에 눈을 뜨더니 「삐—」하고 울며 로라의 머리 위로 날아갔다. 역시 그곳이 가장 편한 모양이다.

“아, 보세요. 요새가 있어요!”

“여기가 정상인가?”

“더는 오를 곳이 없으니 결승점이 분명해요! 요새로 들어가서 학장님을 구해내면 끝이에요!”

이곳이 섬에서 가장 높은 곳이다.

눈앞에는 회색의 네모반듯한 요새가 있다.

그 안에는 대현자가 사로잡힌 아가씨가 되어 붙잡혀 있다는 설정이다.

이래저래 24시간이라는 제한 시간은 지킨 모양이다.

그러나 문제가 있다.

상을 받을 수 있는 사람은 제일 먼저 도착한 한 명뿐이다.

그리고 이곳에는 세 사람이나 있다.

정상까지는 세 명이서 힘을 합치고, 도착하면 승부를 겨루기로 처음부터 약속했었다.

따라서 지금부터는 적이다—.

그렇게 로라가 싸움의 시작을 알리려는 순간.

요새가 정중앙부터 양쪽으로 쩍 갈라졌다.

무슨 일인지 생각하기 전에 요새에서 은백색의 덩어리가 슥 얼굴을 내밀었다.

크기는 어제 쓰러뜨린 사이크롭스와 비슷하다.

그러나 이것은 생물이 아니다.

금속 덩어리. 거대한 갑옷.

투구의 틈새로는 얼굴이 보이지 않고, 거무스름한 안개만 스멀스멀 새어나왔다.

그런 존재가 요새 안에서 나타난 것만으로도 꺼림칙한데 중요한 것은 겉모습 외에 있었다.

단순히 크다거나 금속으로 이루어져 있는 것뿐이라면 로라 일행에게 장애가 되지 않는다.

"이, 이 마력은……."

로라 일행이 아연실색할 수밖에 없었던 것은 갑옷이 뿜어내는 마력이 터무니없이 강력하고, 더욱이 잘 아는 사람의 파장과 닮아 있어서다.

"크크큭…… 용케 여기까지 왔군. 대현자……가 아니고, 사로잡힌 아가씨를 되찾고 싶거든 날 쓰러뜨려라!"

갑옷은 그런 대사를 내뱉었다.

완전히 대현자의 목소리였다.

"학장님! 연기가 어색해요!"

"아이들의 소꿉놀이가 그나마 낫겠어요……."

"정체를 숨길 생각이 있는 건지 의심스러운 수준이야."

로라 일행의 혹평에 갑옷이 뒷걸음질 쳤다.

"그, 그게 뭐가 중요해! 지금부터 너희를 가차 없이 공격할 거야! 날 구하고 싶으면 날 쓰러뜨려 봐!"

갑옷은 커다란 손가락으로 로라 일행을 척 하고 가리켰다.

이 사람은 무슨 말을 하는 걸까, 라고 로라는 진심으로 생각했다.

"그만 돌아가도 될까요?"

"돌아가도 되지만 24시간이 지나면 간지럼 지옥이야!"

"앗, 그런 함정이! 뭐, 돌아갈 생각은 없지만요!"

눈앞에 있는 갑옷은 대현자 자체는 아니지만, 대현자가 마력으로 조종하고 있다.

지금까지 나온 정령이나 몬스터도 비슷한 존재지만, 이번에는 품고 있는 마력량의 차원이 다르다.

요새에서 나온 것을 봐도 마지막 장애물로 설정된 적일 것이다.

틀림없이 강하다.

그런 강적과 싸울 기회는 놓칠 수 없다.

"한 방에 꿰뚫어서 제일 먼저 들어가겠어요!"

가장 먼저 움직인 것은 샬롯이다.

그 원뿔형의 결계 안에서 음속으로 돌격했다.

원뿔형의 결계는 갑옷의 배와 충돌했지만, 캉 하는 소리를 퍼뜨리며 튕겨나갔다.

"다, 단단해요!!"

재빠르게 돌진한 샬롯은 재빠르게 돌아와 엉덩방아를 찧었다.

"저런 걸 상대로 핸디캡을 진 채로 싸우라니…… 어려워."

흠집 하나 생기지 않은 갑옷을 보며, 안나는 심각하게 중얼거렸다.

그러자 갑옷이 「아」하고 얼빠진 소리를 냈다.

"미안. 핸디캡을 잊고 갑옷의 힘을 설정해버렸어."

"""네에……."""

"어쩔 수 없잖아. 아까까지 자고 있었으니까. 이제 귀찮으니까 핸디캡은 신경 쓰지 않아도 돼. 너희만 페널티도 풀어줄게. 여기까지 올라오는 동안에 핸디캡 덕분에 이것저것 배웠을 테니까 그걸 이 갑옷에다 시험해봐!"

대현자는 적당한 말을 내뱉었다.

다만 핸디캡을 없애주는 것은 감사하다.

특히 로라는 간지럼힘을 참을 자신이 없기 때문에 그 그림자가 「대냉~」 하고 나오는 순간 패배가 결정되고 만다.

"그럼 너희들, 준비는 됐니?"

"됐어요!"

로라는 그렇게 말하고 자기를 옭아매고 있는 밧줄을 잡아당겨 끊었다.

"그럼 갈게. 학생 특훈용 대형 리빙메일 『다이켄저』 기동!"

그런 이름이었나.

마치 방금 지어낸 것 같은 이름이다.

게다가 아까부터 움직이고 있기에 새삼 기동이라고 선언하는 의미도 알 수 없다.

하지만 아무리 어설퍼도 한순간도 방심할 수 없다.

어떤 공격을 걸어올까—.

그렇게 로라가 경계하고 있자니, 느닷없이 발밑의 감각이 바뀌었다.

단단한 지면 위에 서 있을 터인데, 푹 하고 늪처럼 가라앉았다.

"이, 이건 뭐예요?!"

"발밑이 시커먼 그림자로 변했어……!"

샬롯과 안나가 말한 대로 발밑에 거무스름한 공간이 퍼져 있었다.

그것은 이 세계와 살짝 어긋난 다른 세계로 연결된 문.

차원 창고의 입구다.

대현자가 직접 고안해낸 오리지널 마법으로, 현재 이 마법을 쓸 수 있는 사람은 단 두 명뿐이다.

저쪽 세계는 이쪽 세계와 이어져 있지 않으므로 한 번 빨려 들어가면 자력으로 돌아오는 것은 불가능하다.

로라는 반사적으로 자기를 삼키려 하는 **문**에 간섭했다.

차원의 문을 열려는 힘과 닫으려는 힘이 서로 충돌해, 로라는 상공으로 튕겨 날아갔다.

샬롯과 안나도 똑같이 해서 구하려 했지만 그것보다 빨리 두 사람은 저쪽 세계에 빨려 들어가 사라졌다.

구할 수 있었던 것은 로라의 머리 위에 있던 하쿠뿐이다.

"갑자기 상대를 차원 창고로 삼킨다…… 먼저 움직이면 반드시 이기는 기술이군요……!"

비행 마법으로 공중에 머물면서, 로라는 아래에 있는 다이켄저를 노려보았다.

"뭐. 하지만 움직이는 상대를 집어삼키는 선 어렵고, 큰 분을 유지하는 것도 힘들어. 드래곤 따위랑 싸울 때는 적합하지 않은 기술이지."

"그렇군요. 배웠어요!"

"뭐, 난 날고 있는 드래곤도 집어삼킬 수 있지만!"

"우…… 저도 할 수 있어요! 에잇!"

로라는 대현자에게 대항 의식을 불태우며 차원 창고의 문을 열었다.

표적은 학생 특훈용 대형 리빙메일 『다이켄저』.

3층 건물과 비슷한 높이의 거인이지만 삼킬 것이다.

느긋하게 발밑에 문을 만들고 있을 것이 아니라 다이켄저 전체를 감쌀 만한 큰 문을 만들어 단숨에 저편으로 보낼 것이다.

"늦었어!"

로라는 문을 만드는 데 성공했다. 그것은 공간에 뚫린 새카만 구멍이다.

그러나 그때는 이미 다이켄저가 바로 옆으로 이동한 뒤였다.

"이번엔 기필코!"

다시 한 번 문을 열었다. 그러나 다이켄저는 다시 달아났다.

몇 번을 되풀이해도 다이켄저의 도약이 더 빨랐다.

"으윽…… 좋아요. 평범한 공격 마법으로 쓰러뜨려줄게요!"

"어머, 로라. 이제 나도 슬슬 공격할 거야. 그거, 로켓 펀치!"

"아니?!"

다이켄저가 팔을 번쩍 드는가 싶더니 팔꿈치 윗부분이 분리되어 불을 뿜으며 날아왔다.

그 거대한 주먹은 위압감이 엄청나다.

게다가 대현자의 마력으로 코팅되어 있어 맞으면 어마어마하게 아플 것이 틀림없다.

그래서 로라는 방어 결계로 로켓 펀치를 막았다.

그러나 어제의 빛의 구 때와 마찬가지로 로라의 마력이 사정없이 깎여나갔다.

'아, 그래! 차원 창고로 이동시켜버리면 돼!'

로켓 펀치는 방어 결계에 가로막혀 멈춰 있다.

지금이라면 문으로 빨아들이는 것도 간단하다.

"이얍!"

로라는 구령과 함께 로켓 펀치를 없애버렸다.

어떤 방법으로 대상을 멈추면, 지금 로라가 가진 기술로도 차원 창고를 전투 때 쓸 수 있다는 것이 증명됐다. 더욱 적극적으로 써나가자.

"하쿠. 상대는 한 손을 잃고 힘이 약해졌어요. 단숨에 숨통을 끊어버려요. 불꽃을 뿜어주세요!"

"삐—!"

로라의 머리 위에서 대기하고 있던 하쿠가 들은 대로 다이켄저를 향해 불꽃을 뿜었다.

그와 동시에 로라는 강화 마법을 실행했다.

하쿠의 불꽃은 극적으로 강화되어 하쿠 격포로 변해 다이켄저의 갑옷과 투구를 덮쳤다.

그러나 그럼에도 다이켄저에게는 그을음 하나 묻지 않았다.

은백색의 아름다운 금속이 불꽃을 반사해 빛날 뿐이다.

"그럼 더 강화하면 돼요!"

하쿠의 불꽃은 화력을 더해갔다.

불꽃의 범위는 눈 아래 전체로 번져 다이켄저의 뒤에 있던 바위와 숲까지 불태웠다.

그러나 정작 중요한 다이켄저는 녹거나 타는 낌새가 없다.

하쿠의 불꽃만으로 부족하다면 자기도 공격 마법을 쓰자고 로라가 생각한 순간,

"삐이이이이이이이잇!"

하쿠가 새된 소리를 내지르고, 불꽃이 하나의 가느다란 선으로 오그라들었다.

이미 불꽃이라기보다 오렌지색의 광선이다.

그 한 점에 집중된 열량은 지금까지와는 비교도 되지 않는다.

그것은 다이켄저의 가슴에 명중해, 갑옷과 투구를 새빨갛게 불태웠다.

그리고 마침내— 표면이 어렴풋이 물컹 녹아내렸다.

"뭐, 굉장하네. 그게 신수 하쿠의 진정한 공격이야. 아직 태어난 지 얼마 되지 않았는데 굉장한 성장 속도야."

대현자의 감탄한 목소리가 들려왔다.

"하쿠의 진정한 공격…… 그러니까 이름하야 진짜 하쿠 격포예요!"

진짜 하쿠 격포는 마침내 다이켄저의 가슴 부위에 구멍을 뚫고 단숨에 등까지 꿰뚫었다.

이로써 이쪽의 승리다.

그렇게 생각했지만, 물렀다.

등 뒤에 차원 창고의 문이 열리는 낌새가 나더니, 로라가 돌아보기 전에 충격이 덮쳐왔다.

"우왓!"

"삐?!"

튕겨 날아가면서, 로라는 자기를 때린 물체의 정체를 확인했다.

팔이다.

조금 전에 차원 창고로 보낸 다이켄저의 오른팔이, 이쪽 세계로 돌아와 로라를 공격한 것이다.

만에 하나를 위해 주위 전체를 방어 결계로 감싸고 있었기 때문에 튕겨 날아가는 것만으로 그쳤다.

아무리 그래도 오른팔을 차원 창고에 보낸 것은 로라인데, 그것을 대현자의 뜻으로 다시 불러올 수 있다니.

과연 차원 창고를 여는 법을 처음으로 발견한 사람이다.

역시 원조는 강하다.

그러나 그렇다면 대현자가 저편으로 보낸 샬롯과 안나를 로라가 불러올 수 있지 않을까.

"샬롯, 안나, 소환!"

일은 해봐야 안다고 해봤더니 정말 두 사람이 돌아왔다.

그러나 기세가 넘쳐 다이켄저를 향해 쏘고 말았다.

""꺄아아앗!""

이대로라면 머리를 부딪쳐서 죽고 만다.

그것은 안 될 일이므로 로라는 황급히 방어 결계로 샬롯과 안나를 감쌌다.

이왕이면 어제 샬롯이 만들었던 원뿔형의 결계로 하자.

그러면 공격도 할 수 있어서 일석이조다.

"진짜 하쿠 격포로 구멍을 더 크게 만들 거예요!"

"후후, 그렇게는 안 돼."

다이켄저와 충돌하기 직전, 두 사람은 다시 차원 창고로 보내졌다.

그러나 로라는 포기하지 않았다.

다시 한 번 두 사람을 소환해, 발사!

""꺄아아아!""

그러나 역시 대현자에 의해 차원 창고로.

"크윽…… 그럼 다시 한 번!"

"로라, 아무리 그래도 두 사람이 불쌍하니까 그만하지 않을래?"

"……맞아요."

샬롯과 안나 모두 소중한 친구다. 자기 사정으로 함부로 휘둘러서는 안 된다.

그것을 가르쳐주다니, 대현자는 참된 스승이다.

"샬롯과 안나는 잠시 차원 창고에 있게 해요. 그리고 학장님. 슬슬 결말을 지어요!"

"바라던 바야, 로라. 나도 이제 그만 낮잠을 자고 싶거든!"

"으음? 그 말은 그러니까, 장기전으로 끌고 가면 학장님이 졸려서 제가 유리하다는 거네요!"

"어머, 저런. 나쁜 지혜가 발동했구나. 하지만 제한 시간까지는 한 시간 정도 남았어."

"그럴 수가! 그럼 한 시간 안에 쓰러뜨리겠어요!"

다이켄저의 어디를 공격하면 쓰러뜨릴 수 있는지 모르지만 원형을 유지할 수 없을 정도로 파괴해버리면 움직일 수 없을 터다.

로켓 펀치처럼 일부분만으로 공격해올지도 모르지만 그때는 조각 하나 남기지 않고 없애버릴 것이다.

"진짜 하쿠 격포! 베어버려!"

"삐이이이이이이!"

하쿠의 입에서 뻗어나온 오렌지색 광선이 왼쪽에서 오른쪽으로 곧장 뻗어나갔다.

다이켄저의 몸통을 절단하려는 것이다.

그리고 로라는 하쿠에게만 공격을 맡겨둘 생각은 없었다.

자신의 눈에 마력을 모아 빛의 화살을 쐈다.

이것은 딱히 눈으로 쏠 필요는 없지만 왠지 멋있으니 그렇게 해봤다.

현재 다이켄저가 있는 곳에 한 발, 그리고 다이켄저가 피했을 때 이동할 것으로 예상되는 지점에 두 발. 총 세 군데. 일제히 연속 세 발을 쐈다.

이렇게 마구 쏘면 어느 하나는 명중할 것이다.

세 발 모두 길드레아 모험가 학교를 순식간에 폐허로 만들 수 있는 만한 공격이다.

한 발이라도 맞으면 보통은 흔적조차 남지 않는다.

다만 상대는 대현자가 조종하는 다이켄저이므로 결정타는 되지 못하리라—.

로라는 그렇게 예측했다.

그리고 그 예측은 빗나갔다.

무려 한 발도 명중하지 않은 것이다.

명중하지 않았다기보다 다이켄저는 사라지고 없었다.

"저쪽 세계로 회피…… 그런 방법이 있었군요!"

차원 창고는 수납뿐만 아니라 공격과 회피에도 사용할 수 있다.

찬찬히 생각하면 그 응용법은 무궁무진할지도 모른다.

원래 굉장한 마법이라고 생각했지만 설마 이 정도로 굉장할 줄이야.

차원 창고를 다루는 사람과 싸우기 위해서는, 차원 창고를 다루지 못하면 대결 자체가 성립하지 않는 게 아닐까.

'다음엔 어디서부터 공격이……'

로라는 온 신경을 집중시켜 주변 일대에 나타난 차원의 흔들림을 관측했다.

문이 열리기 직전, 마력이 쏟아져 나올 것이다.

"위!"

로라는 머리 위를 올려다보았다.

확실히 그곳에는 다이켄저가 있었다.

다만, 오른팔뿐이다.

'미끼?! 그럼 본체는……'

이미 로라의 신경은 위를 향해 있었기에 의식의 전환이 늦었다.

그 간격을 찌르듯이 땅 밑에서 마력이 흘러나왔다.

그렇다. 차원 창고의 문이 땅속에서 열린 것이다.

다이켄저의 부피에 짓눌려 땅이 갈라지고 그곳에서 주먹이 솟구쳤다.

"꺄아아아!"

로라는 그 기습에 대응하지 못하고 공중으로 날아갔다.

그러나 동시에 공중에서 로켓 펀치가 떨어졌다.

다시 말해, 협공. 샌드위치가 되고 말았다.

"삐이이이이이!"

그러나 하쿠가 기지를 발휘해 지시하지 않았는데도 입에서 광선을 쏘아 보냈다.

하쿠는 로켓 펀치를 꿰뚫고 목을 윙윙 움직였다.

그 덕분에 다이켄저의 오른팔은 산산조각이 났다.

로켓 펀치의 기능을 잃고 금속 파편이 되어 휘리릭 떨어졌다.

"하쿠, 잘했어요!"

그럼에도 로라는 어퍼 펀치를 맞고 하늘 높이 날아갔다.

그러나 차원 창고를 잘 사용하면 3차원적인 위치 관계는 의미가 없다.

그리고 로라는 지금 차원 창고를 연습 중이다.

적극적으로 써서 대현지의 의표를 찌르자.

"순간, 이동!"

하늘로 상승하면서 문을 열어 저편으로 이동했다.

그리고 다이켄저의 바로 뒤에 타나났다.

공중에서 발차기를 먹였다.

그러나 다이켄저도 다시 차원 창고로 달아났다.

그때부터는 서로 차원 창고와 이쪽 세계를 오가며 마력과 마력을 부딪치기 시작했다.

문을 통해 이쪽 세계로 넘어오는 순간 하늘에서 벼락이 떨어지기도 했다.

반대로 다이켄저가 나타날 곳을 예측하고 미리 거대 정령을 여러 마리 대기시키기도 했다.

그런가 하면 차원 창고의 칠흑 같은 세계에서 감에만 의지해 마력을 담은 주먹으로 치고받기도 했다.

현재 로라의 집중력은 극한까지 높아져, 차원 창고 안에서 원래 세계의 모습을 어렴풋이 느끼는 일조차 가능했다.

따라서 기습을 당하는 일은 없었다.

오히려 다이켄저를 궁지로 몰아갔다.

거기에 하쿠의 광선이 원호 사격에 나서주니 승기는 로라 쪽으로 넘어와 있었다.

그리고 마침내 몰아넣었다.

다이켄저가 차원 창고에서 뛰쳐나와 착지한 곳은 로라가 만든 스케이트장이었다.

다이켄저는 미끄러져 넘어질 뻔했다. 그러나 비행 마법으로 그 거구를 둥실 띄워 무사히 넘어갔다.

그러나 그럼에도 한순간 시차가 발생했다.

그 순간을 노리고, 로라는 가진 모든 마력을 쏟아부었다.

먼저 거대 정령을 소환했다. 불꽃 정령. 벼락 정령. 흙 정령. 그 세 마리가 세 방향에서 다이켄저에게 박치기를 날렸다.

물론 다이켄저는 차원 창고로 달아나려 했지만, 로라는 고도의 집중력을 발휘해 그것을 방해하는 곡예에 성공했다.

세 속성의 정령은 다이켄저가 소멸시켰지만 어차피 그들은 첫 번째 타자다.

다음은 빛의 포격. 그것도 주문이 들어간 공격이다.

"빛이여. 나의 마력을 삼켜라. 모여라. 복종해라. 엎드려 절해라. 그리고 명령한다. 삼라만상을 유린해라. 왕이 누구인지 알도록—."

그 일격은 로라도 역대 최대 위력을 담은 것이었다.

어제 격추당한 것에 대한 분함. 오늘 다이켄저와 싸우면서 느낀 즐거움. 이 두 가지가 그 어느 때보다 빠른 속도로 로라를 성장시켰다.

공중에 떠오른 다이켄저를 향해 눈을 밀게 할 정도의 섬광이 뻗어나갔다.

그러나 그것은 지난번 교내 토너먼트 결승전에서 썼던, 왕도 상공을 불꽃으로 감쌀 듯한 공격 마법과는 다르다.

그것은 겉보기에는 화려했지만 목표물이 아닌 곳에도 영향력이

미친다는 점에서 미완성이다.

마력을 낭비했다.

하쿠가 보여준 힘의 응집이 로라에게 힌트를 주었다.

마력의 한 곳 집중.

면보다 점.

참격보다 찌르기.

방대한 마력을 쏟아부은 빛의 포격은 그야말로 다이켄저 한 마리분의 크기로 모여, 정확히 목표물을 공격했다.

그 이외의 곳에서는 나뭇잎 한 장 타지 않았다.

눈부신 빛과 굉음이 새어나올 뿐이다.

그러나 파괴력을 지나치게 집중시킨 나머지, 다이켄저가 살짝 피한 것만으로도 목표 지점이 빗나갔다.

표적의 하반신을 없애는 데는 성공했지만 상반신은 그대로의 모습으로 로라를 향해 떨어졌다.

로라는 한 곳 집중 공격 두 번째를 쏘고 싶었지만, 아직 익숙하지 않은 탓에 제동을 걸려면 0.5초는 걸린다. 다이켄저의 박치기는 그것보다 빠르다.

그러나 로라의 머리 위에는 믿음직한 신수가 있다.

"삐이이이이이이이이이이이!"

진짜 하쿠 격포가 다이켄저을 향해 뻗어나갔다.

아쉽게도 그것은 종이 한 장 차이로 빗나갔지만 덕분에 0.5초를 버는 데 성공했다.

빛의 포격 두 번째 발사.

다이켄저는 빛 속으로 빨려 들어가 이번에야말로 완전히 사라졌다—.

그러나 빛이 사라진 후, 새로운 적이 그 안에서 나타났다.

"미니 켄저!"

"마, 말도 안 돼!"

그것은 등신대의 갑옷이었다.

아무래도 다이켄저 안에 숨어 있었던 모양이다.

게다가 무시무시하게도 품고 있는 마력량이 다이켄저와 다르지 않다.

반면 로라는 이미 휘청휘청한 상태였다.

쏟아부은 마력량이 엄청났던 것도 있지만, 갓 익힌 기술을 연속으로 사용한 탓에 정신적인 피로감이 어린 육체를 좀먹고 있었다.

세 번째 포격을 할 여유는 없었다.

'조, 졸려…….'

전투 중임에도 불구하고 졸음이 몰려왔다.

그리고 로라에게 수면은 다시 말해 샬롯의 품에 안긴 상태를 의미했다.

'샬롯…… 그래, 지금이야말로!'

생각이 미친 로라는 차원 창고에서 샬롯을 불러냈다.

새로운 공격 마법을 쓰는 것보다 차원 창고에 넣어둔 것을 불러내는 것이 그나마 마력 소비가 적다.

""꺄아아아아!""

샬롯은 초고속으로 날아왔다.

샬롯의 다리에 매달린 안나도 함께 날아왔다.

로라는 억지로 졸음을 쫓으며 샬롯과 안나를 원뿔형의 결계로 감쌌다.

"말도 안 돼. 이 순간에 두 사람을 이용하는 거야?!"

미니켄저에게서 대현자의 놀란 목소리가 들려왔다.

아무래도 의표를 찌른 모양이다.

그리고 로라의 친구 포탄은 미니켄저와 격렬히 충돌했다.

미니켄저가 산산이 부서졌다.

반동으로 샬롯과 안나가 떨어져왔다.

그리고 이번에는 미니켄저 안에서 대현자 본인이 나타났다.

사로잡힌 아가씨라는 설정이면서 최후의 적 안에 들어가 있던 것이다.

"다들 고마워…… 너희가 애써준 덕분에 난 적의 지배에서 풀려났어……."

아무래도 지금까지는 조종당했었다는 설정이 추가된 모양이다.

번외편 투성이다.

소설이었다면 편집자와 독자한테 지적받을 부류다.

"어, 어쨌든 이걸로 소풍 클리어예요……."

집중력의 한계를 넘어선 로라는 대현자의 말을 들으면서 풀썩 쓰러졌다.

그 후 어떻게 학교로 돌아왔는지 기억나지 않지만 눈을 떠보니 한밤중이었고, 기숙사 침대에서 평소처럼 샬롯의 포옹 베개가 되어 안겨 있었다.

※

로라는 바로 조금 전까지 소풍을 떠나 있었다.

그리고 무인도에서 다이켄저, 미니켄저와 싸우고 있었다.

그러나 이곳은 익숙한 기숙사 방이다.

샬롯이 로라를 끌어안고 새근새근 숨소리를 내고 있고, 이불 위에서는 하쿠가 둥글게 몸을 말고 잠들어 있다.

그렇다면.

그 소풍은 모두 꿈이었을까.

차원 창고를 다루고, 지금까지와는 그야말로 차원이 다른 수준으로 치른 그 싸움은 망상이었을까. 그렇다면 실망이다. 그 짧은 시간 안에 자신은 무척 강해졌는데 말이다.

"……샬롯."

로라는 미안하다고 생각하면서, 자기를 포옹 베개 삼아 껴안고 있는 룸메이트를 흔들어 깨웠다.

"아, 우웅…… 어머, 로라…… 일어났어요?"

"네. 그런데 샬롯. 우리는 소풍을 갔었던 것 같은데…… 혹시 그건 내 꿈이었어요?"

로라가 그렇게 묻자 샬롯은 눈을 깜빡이더니 후홋 하고 웃었다.

"아뇨, 꿈이 아니에요. 오늘 아침까지 우리는 무인도에 있었고, 로라는 다이켄저에게 이겼어요."

"그럼, 진짜 일어났던 거네요. 하지만 그런 거면 왜 난 여기서 자고 있는 거예요? 돌아온 기억이 없는걸요."

"그건 로라가 지혜열 때문에 쓰러졌기 때문이에요. 산 정상에서 싸우느라 많이 지친 거예요."

"아아, 그러고 보니…… 그렇게 집중한 건 처음이었어요."

"아무리 그래도 나와 안나를 포탄으로 쓴 건 너무했어요."

"그, 그건, 나도 모르게 그만……."

그때는 다이켄저를 이기고 싶은 마음 하나로 일단 무엇이든 해보자는 마음이었다.

그러나 지금 돌이켜 생각하니 무척 가혹한 행위다.

친구를 거대한 갑옷에 내동댕이치다니 피도 눈물도 없는 짓이다.

"미안해요……!"

로라는 그만 풀이 죽었다.

"……뭐, 그래도 이기고 싶은 마음은 이해해요. 나도 로라와 싸웠을 때는 그랬으니까요."

"그렇게 이기고 싶다고 생각한 건 처음이었어요. 승부는 즐겁지만 괴로운 거네요."

"……그런가요. 로라한테 승부라고 불린 건 그 싸움이 처음이었던 거네요."

승부. 다시 말해 해보지 않으면 승패를 알 수 없는 싸움.

이기고 싶다는 마음은 잠재된 힘을 이끌어내지만 항상 패배의 가능성이 뒤따라 그것이 등줄기가 오싹해질 정도로 두렵다.

그러나 로라는 그 모든 것이 즐거웠다.

"깔끔하게 이겼다면 더 즐거웠겠지만요."

"어머. 대현자와 싸워서 이긴 거라구요! 더 이상 뭘 더 바라는 거예요. 욕심도 정도가 있어요!"

"그야 다이켄저의 갑옷은 어떻게 생각해도 학장님한테는 저울추 같은 거잖아요. 격투가 같은 사람들이 힘 조절을 할 때 붙이는 그거요. 조절하고 또 조절하고 거기다 더욱 힘을 뺀 상대한테 간신히 승리를 양보받은 기분이에요."

"그건 그렇지만……. 이긴 건 이긴 거라고 딱 잘라 말할 수 없는 것도 있네요."

"네……."

어떤 형태로든 이기면 그만이다. 그렇게 생각하는 사람도 있을 거고, 그건 그것대로 옳다.

그러나 로라와 샬롯이 바라는 것은 강해지는 거다.

만전을 기한 상대와 정면으로 싸워서 그 힘을 뛰어넘었을 때.

그것이 바로 승리다.

양보받은 승리에 이점은 없다.

"그럼 로라, 다음번에 이기면 돼요. 다행히 목숨을 건 싸움이 아니니 몇 번이고 도전할 수 있어요. 삼백 년 가까운 시간을 살아온 대현자에 비해 우리는 한참 어려요. 시간이 지나서 더욱 성장하는 건 우리예요!"

"맞아요. 더 열심히 연습하고 강해져서 학장님을 쓰러뜨릴 거예요!"

"뭐, 그 전에 내가 로라를 쓰러뜨리고 학장님도 쓰러뜨릴 거지만요."

"우?! 그렇게는 안 돼요!"

그런 대화를 밤 깊은 시간에 하고 있자니, 이불 위에서 자고 있던 신수가 굼실굼실 움직이기 시작했다.

그리고 졸린 얼굴을 들어 로라와 샬롯을 쳐다보았다.

"뻬이……."

부탁이니까 조용히 해줘라고 말하는 듯한 목소리다.

"미, 미안해요, 하쿠. 깨워버렸네요……."

"이제 그만 자요, 로라. 내일부터 다시 수련의 날들이 기다리고 있어요."

"네! 잘 자요, 샬롯!"

로라는 샬롯의 가슴에 얼굴을 묻고 눈을 감았다.

조금 전까지 계속 자서 딱히 졸리지는 않았지만 언제 어디서라도 잘 수 있는 것이 로라의 특기다.

'가만, 가장 먼저 도착하는 사람은 상을 받을 수 있다는 건 어떻게 됐지?'

문득 그런 의문이 떠올랐지만 내일 대현자에게 물어보기로 하고, 로라는 꿈나라로 여행을 떠났다.

정신이 들자 로라는 동물 잠옷 차림으로 초원에 배를 깔고 누워 있었다.

시간도 밤이 아니라 한낮이다.

로라는 뭐지 하고 고개를 갸웃했다.

무인도에서 기숙사 방으로. 그리고 이번에는 느닷없이 초원으로 장소가 바뀌었다.

어쩐지 그림책 세계에서 길을 잃은 듯한 기분이다.

어디부터 어디까지가 꿈인지 몰랐다.

어쩌면 소풍 자체부터가 꿈이었던 게 아닐까.

다행히도 양쪽에 마찬가지로 동물 잠옷을 입은 샬롯과 안나가 잠들어 있다.

히쿠도 근처에서 둥글게 몸을 말고 있다.

가령 꿈속이라고 해도 혼자보다는 친구가 있는 것이 든든하다.

"어이~! 두 사람 다 일어나 보세요! 꿈속에서 일어나라는 것도 이상하지만, 일어나세요~!"

로라는 두 사람의 어깨를 흔들고 뺨을 잡아당기며 잠을 방해했다.

"우우…… 뭐예요?"

"지진?"

샬롯과 안나는 벌떡 일어나 주위를 두리번거렸다.

밤이었는데 낮.

기숙사에서 자고 있었는데 초원.

그런 있을 수 없는 광경을 목격하고, 두 사람은 같은 결론에 도달했다.

"아아, 꿈이네요. 오늘은 로라뿐만 아니라 안나까지 꿈에 나오다니, 멋져요."

"동감이야. 항상 로라만 나왔었는데, 가끔은 샬롯이 나오는 것도 좋아. 셋이서 자자."

그렇게 말하며 두 사람은 양쪽에서 로라를 끌어안고 초원에 풀썩 쓰러졌다.

"흐아? 잠들지 마세요~! 아니, 꿈속이니까 어떻게 하든 현실에서는 자고 있겠지만, 적어도 꿈속에서는 일어나 있어주세요!"

"그렇게 말해도…… 난 항상 로라를 끌어안고 자는 꿈을 꿔요. 왜 일어나 있어야 하는 거예요?"

"샬롯. 꿈에서도 현실에서도 로라를 껴안고 자다니 치사해. 난 꿈속에서만인데."

"그게 인덕이라는 거예요!"

"우연히 로라랑 한 방을 쓰게 된 것뿐이면서."

"그, 그것도 인덕을 쌓았기 때문이에요!"

두 사람은 로라를 가운데 놓고 알 수 없는 말다툼을 시작했다.

"정말. 내 꿈속에서 시끄럽게 굴지 마세요!"

"어머, 무슨 말이에요? 이건 내 꿈이에요."

"아니야. 이건 내 꿈이야."

"삐—."

거기에 하쿠가 가세했다.

과연 이 꿈은 세 사람과 한 마리 중 누가 꾸는 꿈일까.

그건 생각할 것도 없다.

로라는 이렇게 자아를 가지고 있으니 로라의 꿈인 게 당연하다.

샬롯 일행이 아무리 현실과 다르지 않게 보여도 그것은 로라의 뇌가 만들어낸 환영에 지나지 않을 터다.

"사실 이건 내 꿈에 너희의 의식을 연결한 거야."

"앗, 학장님!"

풀밭에 누워 있던 로라 일행의 옆에 불쑥 대현자가 나타났다.

대현자는 웅크리고 앉아 싱글벙글 웃으며 이쪽을 들여다보았다.

느닷없이 나타나서 말을 거는 것은 심장에 좋지 않으니 그만둬 주었으면 한다.

"어디서 솟아난 거예요? 차원 창고인가요?"

"아니야. 이건 꿈속이니까 그러지 않아도 자유롭게 이동할 수 있어. 뭐, 내 꿈이니까 너희는 무리겠지만."

"하아…… 학장님의 꿈이었어요?"

"타인의 의식을 자신의 꿈속으로 초대한다……. 서로의 합의가 있으면 가능하다고 들은 적이 있지만, 저희는 합의한 기억이 없어요!"

"하지만 학장님이라면 어떤 일을 할 수 있어도 납득이 가."

확실히 대현자라는 존재는 어떤 재주를 보여줘도 뭐, 그런 거겠지라고 생각하게 만드는 설득력이 있다.

그러나 무슨 이유로 로라 일행을 꿈속에 불러들인 걸까.

심심풀이일까?

"로라가 지혜열로 쓰러지는 바람에 가장 먼저 도착한 상을 주지 못했잖아? 잊어버리기 전에 주려고."

"우와! 저도 궁금했었어요!"

"하지만 학장님. 그건 가장 먼저 도착한 사람한테만 주는 거잖아요? 저희가 같이 있어도 되는 거예요?"

"사실은 로라한테만 보여주려고 했지만 여기 있는 모두가 정상에 있었으니 다 같이 보여줘도 좋겠다 싶어서."

상당히 대충대충인 대현자다.

"그래서, 뭘 보여주실 건데요?"

"그건 말이지, 나와 선대 하쿠가 백삼십 년 전에 마신과 싸웠을 때의 광경이야—."

대현자가 그렇게 중얼거린 순간, 주위의 초원이 홍련의 불꽃에 휩싸였다.

※

마신은 생물의 부정적인 감정으로부터 태어난다.

「죽고 싶다」거나 「이런 세상 따위 망해버려」같은 종류가 그것이다.

살아 있는 이상, 부정적인 감정과는 무관할 수 없다.

따라서 감정을 가진 생물이 있는 한, 마신의 발생은 피할 수 없다.

지금으로부터 백삼십 년 전—.

대현자가 무찔렀다는 마신은 팔레온 왕국의 어느 지역에서 발생한 기근이 원인이었다.

마신은 먼저 어느 마을 상공에 나타났다.

그곳에 사는 사람들의 절망을 양분 삼아 자라나, 마을을 폐허로 만들었다.

더욱이 주변 마을에서도 절망을 빨아들여 건물을 부수고 사람을 죽였다.

옆에서 본다면 참혹한 살육이지만 그곳에 살고 있는 사람들은 굶주림으로 인해 세상에 절망하고 있었다.

멸망이야말로 소망. 그리고 마신 또한 신.

사람들의 소망을 이루어주었을 뿐이다.

하지만 좀 더 세심한 신이라면 「죽고 싶다」는 소망을 우직하게 들어줄 것이 아니라 식량을 주었겠지만 아쉽게도 그런 신에게 소망은 닿지 않았다.

부정적인 감정에서 태어난 마신은 그 지역을 전멸시키고도 사라지는 일 없이 다른 지역으로 이동해갔다.

자신의 모습을 보고 두려움에 떠는 사람들의 감정을 왜곡하여 해석하고 파괴의 범위를 더욱 넓혀 나갔다.

마신을 본 사람들은 이곳에서 도망치고 싶다고 빌었다.

그 소원을 들은 마신은 그들을 죽여 이 세계로부터 계속 해방시켰다.

부정의 악순환. 그것을 멈추기 위해서는 마신을 쓰러뜨리는 수밖에 없지만 인간의 몸으로 신을 이기는 일은 꿈같은 이야기다.

그러나 그 꿈을 체현한 듯한 이가 몇 백 년에 한 번 인류 가운데 나타난다.

이른바 돌연변이. 초인.

도저히 동족이라고 생각할 수 없을 정도로 다른 인간들과는 동떨어진 힘을 가진 그들은 나라를 정복하고 왕이 되거나, 인간의 발길이 닿지 않은 땅에 들어가 새로운 지도를 만들거나, 포악의 끝을 달리거나 하며 선과 악에 관계없이 역사에 이름을 남긴다.

그리고 대현자 칼로테 길드레아는 그런 돌연변이 중에서도 가장 강력한 힘을 가지고 있었다.

자타가 인정하는 인류 역사상 가장 강한 마법사.

팔레온 왕국에 마신의 출현은 불행 이외에 아무것도 아니었지만 대현자가 살고 있었던 것은 불행 중 다행이었다.

대현자는 왕도로 향하던 마신을 가로막고 신수 하쿠와 힘을 합쳐 마신을 무찔렀다.

여기까지는 교과서에 실려 있는 내용이다.

그러나 실제로 그 싸움을 본 이는 이미 세상에 남아 있지 않았다.

어쨌든 백삼십 년이나 지난 일인 것이다.

이미 역사 속의 이야기.

책을 통해 상상하는 수밖에 없다.

대현자 본인을 빼고서는—.

"자. 이게 당시의 광경이야."

이곳은 대현자의 꿈속.

그래서 대현자의 당시 기억이 그대로 재현되고 있었다.

로라 일행은 날아오른 카펫을 타고 상공에서 마신의 모습을 지켜보았다.

"저게 마신……."

"정말 커요……."

"말로는 들었지만…… 실제로 보니 더 굉장해……."

지금까지도 로라 일행은 리바이어던과 베헤모스 같은 거대한 적과 맞선 적이 있다.

선대 하쿠도 거대했고 가장 최근에 싸웠던 다이켄저도 상당한 거구였다.

그러나 그것들의 존재감이 희미해 보일 정도로 마신은 거대했다.

족히 로라의 백배는 될 것이다.

그리고 그 생김새는 추악하기 그지없다.

마치 살점과 장기를 반죽해서 억지로 인간의 형상에 가깝게 만든 모습이었다.

당연히 표정 따위는 없다.

일체의 감정도 풍기지 않고 그저 초원 위를 걸을 뿐이다.

걷는 것뿐인데 그 발밑에서 불꽃이 올라왔다.

딱히 공격 마법을 쓴 것이 아니다. 단순히 새어나오는 마력이 지나쳐서 초목이 타오르는 것이다.

그런 마신을 향해 날아가는 한 사람이 있었다.

"앗, 학장님이에요!"

"당시의 나야. 아직 길드레아 모험가 학교는 없었을 때니까 학장은 아니지만."

"와아…… 지금이랑 똑같아요."

대현자가 날아온 방향을 보니, 멀리 왕도의 그림자가 희미하게 비쳤다.

다시 말해 여기서 대현자가 지면, 마신을 막을 이는 없다.

왕도는 유린당하고 팔레온 왕국은 멸망하고 만다.

"학장님, 힘내세요!"

"왕도의 운명은 당신한테 달려 있어요!"

"파이팅."

"삐一."

로라 일행은 공중에 뜬 카펫에서 몸을 내밀고 백삼십 년 전의 대현자를 응원했다.

다만 이것은 옛 광경을 재현한 것뿐이므로, 로라 일행의 응원과 관계없이 결과는 정해져 있다.

대현자의 승리로 끝날 것이다.

그러나一.

"고, 고전하고 있어요!"

마신은 팔을 한 번 휘둘러 닿지도 않은 땅을 도려냈다.

항상 내보내고 있는 마력만으로 주위를 불태웠다.

얼음 덩어리를 비처럼 내리게 하는가 하면 벼락을 동반한 회오리를 일으키고 수 천 개의 어둠의 창을 사방으로 발사했다.

땅이 갈라지고, 그곳에서 튀어나온 해골 무리가 날아올라 대현자를 덮쳤다.

이미 엉망진창이다.

가령 아군인 모험가가 만 명 있다 해도 1초 만에 모두 살해당할 것이다.

로라가 이곳에 있었다 해도 살아남는 것만으로 벅찼을 것이다.

그런데도 대현자는 온갖 공격을 피하고 방어하고 때로는 반격에 나섰다.

동작 하나하나가 귀신같은 솜씨다.

공격 하나하나가 로라의 전력과 맞먹었다.

그러나 그럼에도 불구하고 마신은 쓰러지지 않았다.

몸이 살짝 망가져도 눈 깜짝할 사이에 다시 되살아났다.

대현자가 아무리 공격해도 아랑곳하지 않고 전진해 왕도를 노렸다.

"이대로라면 왕도가 공격당할 거예요!"

"우리 선조님이!"

"교회도 이 시대부터 있었을 거야……!"

결과는 알고 있지만 로라 일행은 저도 모르게 손에 땀을 쥐었다.

어쨌든 대현자가 죽을 위기가 몇 번이나 있었던 것이다.

모두 종이 한 장 차이로 아슬아슬하게 살아남았지만 언제 당한다 해도 이상하지 않다.

'아아, 신이시여. 부디 학장님이 이기게 해주세요!'

그렇게 로라가 기도한 순간.

하늘 저편에서 오렌지색 광선이 뻗어 나왔다.

"삐이이이이이이이!"

그리고 구름 사이로 순백색의 드래곤이 나타났다.

아니다. 그것은 드래곤이 아니라 신수. 선대 하쿠다.

"삐— 삐—."

어미가 나타난 것을 보고 흥분한 하쿠가 로라의 품속에서 버둥거렸다.

거기서부터는 대현자와 신수 VS 마신이라는, 그야말로 인지를 초월한 싸움이 펼쳐졌다.

선대 하쿠가 광선과 박치기를 교묘히 섞어가며 마신의 발을 묶고, 대현자가 거대한 화력의 마법으로 공격했다.

그렇게 대미지를 입혀도 마신은 다시 살아났지만 어느 순간 재생 속도가 느려졌다.

바로 지금이 기회라는 듯이 대현자와 선대 하쿠는 더욱 격렬히 공격했다.

마치 태양이 지상으로 추락한 듯한 빛과 함께 지면이 증발했다.

그리고 마신은 빛에 삼켜져 마침내 완전히 사라졌다―.

　　　　　　　　　　　※

"―이런 느낌이야."

문득 정신이 들자 하늘을 나는 카펫은 원래의 평화로운 초원 위를 날고 있었다.

마신의 모습도 싸움의 흔적도 없었다.

백삼십 년이 흘러, 초목으로 뒤덮인 지금의 왕도 부근의 모습이다.

그러나 싸움의 광경이 사라진 후에도 로라 일행은 입을 열지 않았다.

너무나 굉장했다.

차원이 달라도 너무 달랐다.

같은 인간이 한 일이라는 것이 믿기지 않았다.

대현자를 이긴다는 것은 방금 본 싸움을 웃도는 힘을 갖는다는 뜻이다.

"저도 노력하면 학장님보다 강해질 수 있나요?"

로라가 그렇게 묻자,

"너 스스로는 어떻게 생각해?"

대현자는 조금의 틈도 두지 않고 되물었다.

"……강해질 거예요!"

"나도 강해질 거예요! 시간이 걸려도 언젠가 반드시!"

"……나도…… 로라나 샬롯 정도의 재능은 없지만, 기필코!"

"삐―!"

강해지고 싶다.

이 싸움을 보고 그렇게 생각하지 않는 이는 이미 모험가가 아니
리라.

물론 강한 것만이 모험가의 가치는 아니다.

그러나 강하지 않으면 모험가가 될 수 없다.

그리고 대현자와 선대 하쿠, 마신의 싸움은 그 정점.

강함이 무엇인가에 대한 해답이었다.

외면하는 것 따위 불가능하다―.

"다행이다…… 고마워. 그런 대답이 듣고 싶었어. 그 싸움을 보
고도 마음이 꺾이지 않는 아니는 별로 없으니까. 올해는 그런 애
가 셋이나 들어오다니! 모험가 학교 설립 이래로 처음이야."

그렇게 말한 대현자는 로라 일행과 하쿠를 뒤에서 한꺼번에 껴
안았다.

어른치고는 작은 팔이다.

그러나 인류 역사상 가장 강한 팔이다.

그런데 어째서일까.

무척 고독하게 느껴졌다.

"알겠니? 마신이 나타날 가능성은 언제든지 있어. 그리고 다음에 마신이 나타났을 때 내가 살아 있으리라는 보장은 없어. 물론 아직 죽을 생각은 없지만 나도 이제 곧 삼백 살이 돼. 그뿐만 아니라 만약 마신이 여러 곳에서 동시에 나타나면 내가 아무리 애써도 대처할 수 없어. 그러니까 다음 세대인 너희한테 희망을 걸게. 가능하면 나보다 강해져. 그리고 또 다음 세대를 길러줘. 부탁해도 될까?"

"물론이에요! 그렇게 오래 기다리게 하지 않아요. 졸업하기 전에 학장님을 꼼짝 못하게 할 테니까요!"

"어머. 그건 내가 먼저예요."

"……난 느긋하게 노력할래. 하지만 언젠가는!"

"삐이."

"후후, 고마워. 하지만 무리하면 안 돼. 너희는 아직 어리니까."

그렇게 말했지만 대현자의 목소리는 「어서 여기로 와」라고 말하는 것처럼 들렸다.

자신과 같은 영역으로—.

© 2017 Riichu

모든 인류 가운데 오직 대현자만이 홀로 서 있는 신의 영역에, 누가 빨리 함께해줘.

그렇게 말하는 것처럼 들렸다.

그 고독감을, 로라는 살짝 알 것 같은 기분이 들었다.

지난번 교내 토너먼트 결승전에서 샬롯이 아주 잠시 자기와 대등하게 싸워주었던 것이 못 견디게 기뻤으므로.

강하다는 것은 우월감을 안겨주지만 도가 지나치면 고독해지고 만다.

그런 의미에서 로라는 행운아다.

이렇게 샬롯과 안나, 하쿠, 그리고 미사키라는 친구가 있으므로.

대현자는 삼백 년 가까운 시간을 살아왔다.

같은 시대를 살았던 사람은 분명 이 세상에 남아 있지 않을 것이다.

선대 하쿠조차 먼저 하늘나라로 떠났다.

로라는 상상했다.

여기에 있는 친구들을 먼저 떠나보내고 혼자서 몇 백 년이라는 세월을 지상에 남겨지는 인생을.

아아, 그건 죽어도 싫다.

만약 자신이 오래 산다면, 모두 다 오래 살아주었으면 한다.

반드시 같은 영역에 도달해주었으면 한다.

분명 대현자도 로라 정도의 나이에 그렇게 기도했을 것이다.

그러나 누구도 함께해주지 않았다.

그리고 삼백 년 가까운 세월이 흘렀다.

"……학장님. 매년 소풍이 끝난 후에 가장 먼저 도착한 학생에게 그 광경을 보여주셨나요?"

"아니. 항상은 아니야. 에밀리아한테도 보여주지 않았어. 평범한 아이는 마음이 꺾이니까. 그래서 그 대신 내 수면실에 있는 책을 한 권 선물하거나 직접 만든 요리를 대접하거나 일일 데이트권 같은 다른 걸 선물했지."

마음이 꺾인다.

그렇다. 확실히 그 싸움을 보고 나면 재능의 격차랄까, 존재의 격차를 깨닫고 역효과를 일으키는 학생이 더 많을지도 모른다.

그러나 로라 일행은 아니다.

아니라고 대현자가 판단했기에 이렇게 보여준 것이다.

"일일 데이트권 같은 걸 원하는 사람이 있어요?"

"어머, 심한 말을 하네, 샬롯! 남학생들 중에는 있다구!"

"학장님은 미인이시니까요."

"고맙구나, 로라. 하지만 너희 셋도 귀여워. 몇 년 후에는 미인이 될 거야."

"미인은 몰라도 좀 더 어른스러운 몸을 갖고 싶어."

그렇게 말한 안나가 자기 가슴을 만졌다.

"후후. 그건 뭐 열심히 먹어서 노력해 봐. 급식비도 무료니까. 그럼 이제 그만 각자의 꿈으로 돌아갈까? 오늘은 늙은이의 이야기에 어울려줘서 고마워―."

그리고 세계가 암전됐다.

낮이 어둠으로.

꿈에서 현실로.

수면에서 각성으로.

"우, 우웅……."

로라가 눈을 뜨니 눈앞에는 평소처럼 샬롯의 잠든 얼굴이 있었다.

이불이 무거워 위를 살펴보니, 역시 하쿠가 둥글게 말고 누워 있었다.

커튼 사이로 햇빛이 새어 들어왔다.

길드레아 모험가 학교의 기숙사.

그 익숙한 방.

벽에 걸린 괘종시계를 확인하니, 이제 슬슬 일어날 시간이었다.

"샬롯, 샬롯. 일어나세요. 계속 날 끌어안고 자면 또 같이 지각해버리잖아요!"

"흠냐…… 학장님도 마신도, 그리고 로라도…… 내가 쓰러뜨릴 거예요……."

샬롯은 아직 꿈나라 속이다.

그러나 그 잠꼬대는 조금 전까지 로라가 꿨던 꿈이 환영이 아니라, 대현자가 의도해서 보여준 것이라는 증거나 다름없었다.

■작가 후기

오래간만입니다. 넨쥬무기챠타로입니다.

덕분에 이렇게 3권이 나왔습니다. 2권 매출도 좋았던 모양이라 이대로라면 계속해서 로라 일행의 이야기를 계속 써나갈 수 있을 것 같습니다.

정말로 고맙습니다.

앞으로도 로라의 겨드랑이를 볼 수 있을 것 같습니다.

정말 고맙습니다(중요하니까 두 번 말했다).

그런데 표지 일러스트 말입니다만, 리이츄 선생님이 디자인 센스를 폭발시켜 1권은 불꽃, 2권은 바람, 3권은 물로 각 속성을 깜찍하게 그려주셨는데…… 4대 원소라면 4권에서 끝나버립니다.

이 부분은 작가로서 부탁받지 않았지만 스포일러를 해야겠군요!

벼락, 얼음, 풀, 빛, 어둠, 중력…… 오믈렛?

어라, 의외로 시각화할 수 있는 속성이 적네요. 이건 큰일입니다.

리이츄 선생님, 힘내세요!

그럼 3권 내용입니다만, 이번에도 두 파트로 나누어져 있습니다.

수수께끼에 가려져 있던 안나의 과거에 다가서는 전반부와 소풍이라는 이름의 서바이벌 미션이 후반부입니다.

소풍 때는 대현자가 마침내 제대로 싸웁니다!

참고로 담당 편집자님은 소풍편의 라스트 베틀이 마음이 들었는지 꽤나 흥분한 모습으로 칭찬해주셨습니다. 저는 칭찬을 받으면 성장하는 타입이라 칭찬에 능숙한 편집자님을 만나 행복합니다. 또 고기 사주세요!

리이츄 선생님이 멋진 일러스트를 그려주실 수 있도록, 담당자님께 고기를 얻어먹을 수 있도록, 그리고 독자 여러분께 재미있는 이야기를 들려드릴 수 있도록 앞으로도 열심히 하겠습니다.

그럼 4권에서 또 만나요!

검사를 목표로 입학했는데 마법 적성 9999라고요?! 3

초판 1쇄 발행 2018년 10월 10일

지은이_ Mugichatarou Nenjuu
일러스트_ Riichu
옮긴이_ 김보미

발행인_ 신현호
편집국장_ 김은주
편집진행_ 최은진 · 김기준 · 김승신 · 원현선 · 권세라
편집디자인_ 양우연
국제업무_ 정아라 · 고금비 · 김태환
관리 · 영업_ 김민원 · 조인희

펴낸곳_ (주)디앤씨미디어
등록_ 2002년 4월 25일 제20-260호
주소_ 서울시 구로구 디지털로 26길 111 JnK디지털타워 503호
전화_ 02-333-2513(대표)
팩시밀리_ 02-333-2514
이메일_ lnovelpiya@naver.com
L노벨 공식 카페_ http://cafe.naver.com/lnovel11

KENSHI WO MEZASHITE NYUGAKU SHITA NONI MAHO-TEKISEI 9999 NANDESU KEDO!? 3
Copyright © 2017 Mugichatarou Nenjuu
Illustrations copyright © 2017 Riichu
All rights reserved.
Original Japanese edition published in 2017 by SB Creative Corp.

This Korean edition is published by arrangement with SB Creative Corp., Tokyo
in care of Tuttle-Mori Agency, Inc., Tokyo.

ISBN 979-11-278-4658-9 04830
ISBN 979-11-278-4376-2 (세트)

값 9,000원

프리 라이프 이세계 해결사 분투기 1권

키가츠케바 케다마 지음 | 카니빔 일러스트 | 이경인 옮김

이세계 생활 3년째인 사야마 타카히로는
해결사 사무소《프리 라이프》의 빈둥빈둥 점주.
하지만 사실은, 신조차도 쓰러뜨릴 수 있는
세계 최강 레벨의 실력자였다!
게으름뱅이지만 곤란한 사람을 내버려 둘 수 없는 타카히로는
못된 권력자를 혼내주거나,
전설급 몬스터에게서 도시를 구하는 등 대활약.
사실은 눈에 띄고 싶지 않은데
개성적인 여자아이들에게도 차례차례 흥미를 끌게 되고?!

대폭 가필 & 새 이야기 추가로 따끈따끈 지수 120%!
이세계 슬로우 라이프의 금자탑이 문고화!!

곰 곰 곰 베어 1~6권

쿠마나노 지음 | 029 일러스트 | 김보라 옮김

게임이 현실보다 재밌습니까?—YES
현실 세계에 소중한 사람이 있습니까?—NO

……온라인 게임 설문 조사에 대답했을 뿐인데
말도 안 되는 이세계(아마도)로 내던져진 나, 유나.
은톨이 경력 3년의 폐인 게이머.
맨 처음 장착하게 된 장비템이 『곰 세트』라니……
이게 무어야—!?
하지만 세고 편하니까 뭐, 괜찮으려나?
울프를 쓰러뜨리고, 고블린을 쓰러뜨리고
극강 곰 모험가로서 일단 해볼까요.

은둔형 외톨이 소녀, 이세계에서 무적의 곰 모험가가 되다!

라이트노벨의 새로운 빛! L노벨의 신간은 매월 10일에 발매됩니다. http://cafe.naver.com/lnovel11

©Tatematsuri/OVERLAP
Illustration Ruria Miyuki

신화 전설이 된 영웅의 이세계담 1~6권

타테마츠리 지음 | 미유키 루리아 일러스트 | 송재희 옮김

오구로 히로는 일찍이 알레테이아라는 이세계로 소환되어
《군신》으로서 동료와 함께 나라를 구하고,
주변 나라들을 정복하여 거대한 제국을 건설했다.
그 후, 히로는 모든 것을 버리기로 각오하고
기억을 잃는 대가로 원래 세계로 귀환한다.
그 후, 매일 행복한 날을 보내던 히로는
무슨 운명인지 또다시 이세계로 소환되고 만다.
그곳은 바로— 1000년 후의 알레테이아?!

자신이 이룩한 영광이 『신화』가 된 세계에서
『쌍흑의 영웅왕』이라 불렸던 소년의 새로운 『신화전설』이 막을 올린다!

라이트노벨의 새로운 빛! L노벨의 신간은 매월 10일에 발매됩니다. http://cafe.naver.com/lnovel11

청춘 돼지는 꿈을 꾸지 않는다 외출하는 여동생의 청춘 돼지는

카모시다 하지메 지음
미조구치 케이지 일러스트
이승원 옮김

© HAJIME KAMOSHIDA 2018
ILLUSTRATION:Keji Mizoguchi
KADOKAWA CORPORATION

청춘 돼지는 바니걸 선배의 꿈을 꾸지 않는다 1~8권

카모시다 하지메 지음 | 미조구치 케이지 일러스트 | 이승원 옮김

아즈사가와 사쿠타는 도서관에서 야생의 바니걸과 만났다.

바니걸의 정체는 사쿠타가 다니는 고등학교의 선배이자,
활동 중지중인 인기 탤런트 사쿠라지마 마이였다.
며칠 전부터 그녀의 모습이 『주위 사람들에게 보이지 않는 현상』이 발생했고,
이것은 인터넷상에서 화제가 되고 있는
불가사의 현상 『사춘기 증후군』과 관계가 있는 걸까.
원인을 찾는다는 이유로 마이와 가까워진 사쿠타는 이 수수께끼를 풀려고 하지만,
사태는 생각지도 못한 방향으로 나아가는데—?

하늘과 바다로 둘러싸인 마을에서, 나와 그녀의 사랑에 얽힌 이야기가 시작된다.

하늘과 바다로 둘러싸인 마을에서 시작되는
평범한 우리의 불가사의한 청춘 러브 코미디!

라이트노벨의 새로운 빛! ㄴ노벨의 신간은 매월 10일에 발매됩니다. http://cafe.naver.com/lnovel11